진달래꽃

베스트 셀러 한국문학선 28

진달래꽃

김소월

소담출판사

김소월
(1902-1934)

나 보기가 역겨워
가실 때에는
말없이 고이 보내드리우리다

영변(寧邊)의 약산(藥山)
진달래꽃
아름 따다 가실 길에 뿌리우리다

가시는 걸음걸음
놓인 그 꽃을
사뿐히 즈려밟고 가시옵소서

나 보기가 역겨워
가실 때에는
죽어도 아니 눈물 흘리우리다

「진달래꽃」 전문

차례

1 진달래꽃

2 그리워

1

진달래꽃

먼 후일

먼 훗날 당신이 찾으시면
그때에 내 말이 「잊었노라」

당신이 속으로 나무라면
「무척 그리다가 잊었노라」

그래도 당신이 나무라면
「믿기지 않아서 잊었노라」

오늘도 어제도 아니 잊고
먼 훗날 그때에 「잊었노라」

풀따기

우리 집 뒷산에는 풀이 푸르고
숲 사이의 시냇물, 모래 바닥은
파아란 풀 그림자, 떠서 흘러요.

그리운 우리 님은 어디 계신고.
날마다 피어나는 우리 님 생각.
날마다 뒷산에 홀로 앉아서
날마다 풀을 따서 물에 던져요.

흘러 가는 시내의 물에 흘러서
내어 던진 풀잎은 옅게 떠갈 제
물살이 해적해적 품을 헤쳐요.

그리운 우리 님은 어디 계신고.
가엾은 이내 속을 둘 곳 없어서
날마다 풀을 따서 물에 던지고
흘러 가는 잎이나 맘해 보아요.

바다

뛰노는 흰 물결이 일고 또 잦는
붉은 풀이 자라는 바다는 어디

고기잡이꾼들이 배 위에 앉아
사랑 노래 부르는 바다는 어디

파랗게 좋이 물든 남빛 하늘에
저녁놀 스러지는 바다는 어디

곳 없이 떠다니는 늙은 물새가
떼를 지어 좇니는 바다는 어디

건너 서서 저편은 딴 나라이라
가고 싶은 그리운 바다는 어디

산 위에

산 위에 올라서서 바라다보면
가로막힌 바다를 마주 건너서
임 계시는 마을이 내 눈앞으로
꿈 하늘 하늘같이 떠오릅니다

흰모래 모래 비낀 선창가에는
한가한 뱃노래가 멀리 잦으며
날 저물고 안개는 깊이 덮여서
흩어지는 물꽃뿐 아득합니다

이윽고 밤 어둡는 물새가 울면
물결 좇아 하나 둘 배는 떠나서
저 멀리 한바다로 아주 바다로
마치 가랑잎같이 떠나갑니다

나는 혼자 산에서 밤을 새우고
아침 해 붉은 볕에 몸을 씻으며

귀 기울이고 솔곳이 엿든노라면
임 계신 창 아래로 가는 물노래

흔들어 깨우치는 물노래에는
내 님이 놀라 일어 찾으신대도
내 몸은 산 위에서 그 산 위에서
고이 깊이 잠들어 다 모릅니다

옛이야기

고요하고 어두운 밤이 오면은
어스레한 등불에 밤이 오면은
외로움에 아픔에 다만 혼자서
하염없는 눈물에 저는 웁니다

제 한몸도 예전엔 눈물 모르고
조그마한 세상을 보냈습니다
그때는 지난날의 옛이야기도
아무 설움 모르고 외웠습니다

그런데 우리 님이 가신 뒤에는
아주 저를 버리고 가신 뒤에는
전날에 제게 있던 모든 것들이
가지가지 없어지고 말았습니다

그러나 그 한때에 외워두었던
옛이야기뿐만은 남았습니다

나날이 짙어가는 옛이야기는
부질없이 제 몸을 울려줍니다

님의 노래

그리운 우리 님의 맑은 노래는
언제나 제 가슴에 젖어 있어요

긴 날을 문밖에서 서서 들어도
그리운 우리 님의 고운 노래는
해지고 저물도록 귀에 들려요
밤들고 잠들도록 귀에 들려요

고이도 흔들리는 노랫가락에
내 잠은 그만이나 깊이 들어요
고적한 잠자리에 홀로 누워도
내 잠은 포스근히 깊이 들어요

그러나 자다 깨면 님의 노래는
하나도 남김없이 잃어버려요
들으면 듣는 대로 님의 노래는
하나도 남김없이 잊고 말아요

실제(失題)

동무들 보십시오 해가 집니다
해지고 오늘 날은 가노랍니다
옷옷을 잽시빨리 입으십시오
우리도 산마루로 올라갑시다

동무들 보십시오 해가 집니다
세상의 모든 것은 빛이 납니다
이제는 주춤주춤 어둡습니다
예서 더 저물 때를 밤이랍니다

동무들 보십시오 밤이 옵니다
박쥐가 발부리에 일어납니다
두 눈을 이제 그만 감으십시오
우리도 골짜기로 내려갑시다

님의 말씀

세월이 물과 같이 흐른 두 달은
길어 둔 독엣물도 찌었지마는
가면서 함께 가자 하든 말씀은
살아서 살을 맞는 표적이외다

봄 풀은 봄이 되면 돋아나지만
나무는 밑그루를 꺾은 셈이요
새라면 두 죽지가 상한 셈이라
내 몸에 꽃필 날은 다시 없구나

밤마다 닭소리라 날이 첫시면
당신의 넋맞이로 나가 볼 때요
그믐에 지는 달이 산에 걸리면
당신의 길신가리 차릴 때외다

세월은 물과 같이 흘러가지만
가면서 함께 가자 하든 말씀은

당신을 아주 잊든 말씀이지만
죽기 전 또 못 잊을 말씀이외다

님에게

한때는 많은 날을 당신 생각에
밤까지 새운 일도 없지 않지만
아직도 때마다는 당신 생각에
축업은 베갯가의 꿈은 있지만

낯모를 딴 세상의 네 길거리에
애닲이 날 저무는 갓스물이요
캄캄한 어두운 밤 들에 헤매도
당신은 잊어버린 설움이외다

당신을 생각하면 지금이라도
비오는 모래밭에 오는 눈물의
축업은 베갯가의 꿈은 있지만
당신은 잊어버린 설움이외다

두 사람

흰 눈은 한 잎
또 한 잎
영(嶺) 기슭을 덮을 때.
짚신에 감발하고 길심 매고
우뚝 일어나면서 돌아서도……
다시금 또 보이는,
다시금 또 보이는.

마른 강 두덕에서

서리 맞은 잎들만 쌓일지라도
그 밑이야 강물의 자취 아니랴
잎새 위에 밤마다 우는 달빛이
흘러가던 강물의 자취 아니랴

빨래 소리 물 소리 선녀의 노래
물 스치던 돌 위엔 물때뿐이라
물때 묻은 조약돌 마른 갈숲이
이제라고 강물의 터야 아니랴

빨래 소리 물 소리 선녀의 노래
물 스치던 돌 위엔 물때뿐이랴

봄 밤

실버드나무의 거무스레한 머릿결인 낡은 가지에
제비의 넓은 깃 나래의 감색 치마에
술집의 창 옆에, 보아라, 봄이 앉았지 않는가.

소리도 없이 바람은 불며, 울며 한숨지어라
아무런 줄도 없이 섧고 그리운 새카만 봄밤
보드라운 습기는 떠돌며 땅을 덮어라.

밤

홀로 잠들기가 참말 외로와요
맘에는 사무치도록 그리워와요
이리도 무던히
아주 얼굴조차 잊힐 듯해요.

벌써 해가 지고 어둡는데요,
이곳은 인천의 제물포, 이름난 곳,
부슬부슬 오는 비에 밤이 더디고
바닷바람이 춥기만 합니다.

다만 고요히 누워 들으면
다만 고요히 누워 들으면
하이얗게 밀어드는 봄 밀물이
눈앞을 가로막고 흐느낄 뿐이야요.

꿈꾼 그 옛날

밖에는 눈, 눈이 와라,
고요히 창 아래로는 달빛이 들어라.
어스름 타고서 오신 그 여자는
내 꿈의 품속으로 들어와 안겨라.

나의 베개는 눈물로 함빡히 젖었어라.
그만 그 여자는 가고 말았느냐.
다만 고요한 새벽, 별 그림자 하나가
창 틈을 엿보아라.

꿈으로 오는 한 사람

나이 차지면서 가지게 되었노라
숨어 있던 한 사람이, 언제나 나의,
다시 깊은 잠속의 꿈으로 와라
불그레한 얼굴에 가늣한 손가락의,
모르는 듯한 거동도 전날의 모양대로
그는 야젓이 나의 팔 위에 누워라
그러나, 그래도 그러나!
말할 아무 것이 다시 없는가!
그냥 먹먹할 뿐, 그대로
그는 일어라. 닭의 홰치는 소리.
깨어서도 늘, 길거리의 사람을
밝은 대낮에 빗보고는 하노라

눈오는 저녁

바람 자는 이 저녁
흰 눈은 퍼붓는데
무엇하고 계시노
같은 저녁 금년은……

꿈이라도 꾸면은!
잠들면 만날런가.
잊었던 그 사람은
흰 눈 타고 오시네

저녁때. 흰 눈은 퍼부어라.

자주 구름

물 고운 자주 구름,
하늘은 개어 오네.
밤중에 몰래 온 눈
솔 숲에 꽃 피었네.

아침 볕 빛나는데
알알이 뛰노는 눈

밤새에 지난 일은……
다 잊고 바라보네.

움직어리는 자주 구름.

못 잊어

못 잊어 생각이 나겠지요,
그런대로 한세상 지내시구려,
사노라면 잊힐 날 있으리다.

못 잊어 생각이 나겠지요,
그런대로 세월만 가라시구려,
못 잊어도 더러는 잊히오리다.

그러나 또한긋 이렇지요,
「그리워 살뜰히 못 잊는데,
어쩌면 생각이 떠지나요?」

닭소리

그대만 없게 되면
가슴 뛰노는 닭소리 늘 들어다.

밤은 아주 새여 올 때
잠은 아주 달아날 때

꿈은 이루기 어려워라.

저리고 아픔이여
살기가 왜 이리 고달프냐.

새벽 그림자 산란한 들풀 위를
혼자서 거닐어라.

꿈

닭 개 짐승조차도 꿈이 있다고
이르는 말이야 있지 않은가,
그러하다, 봄날은 꿈꿀 때.
내 몸에야 꿈이나 있으랴,
아아 내 세상의 끝이여,
나는 꿈이 그리워, 꿈이 그리워.

예전엔 미처 몰랐어요

봄 가을 없이 밤마다 돋는 달도
「예전엔 미처 몰랐어요.」

이렇게 사무치게 그리울 줄도
「예전엔 미처 몰랐어요.」

달이 암만 밝아도 쳐다볼 줄을
「예전엔 미처 몰랐어요.」

이제금 저 달이 설움인 줄은
「예전엔 미처 몰랐어요.」

제비

하늘로 날아다니는 제비의 몸으로도
일정한 깃을 두고 돌아오거든!
어찌 섫지 않으랴, 집도 없는 몸이야!

자나 깨나 앉으나 서나

자나 깨나 앉으나 서나
그림자 같은 벗 하나이 내게 있었습니다.

그러나, 우리는 얼마나 많은 세월을
쓸데없는 괴로움으로만 보내었겠습니까!

오늘은 또다시, 당신의 가슴속, 속모를 곳을
울면서 나는 휘저어 버리고 떠납니다그려.

허수한 맘, 둘 곳 없는 심사에 쓰라린 가슴은
그것이 사랑, 사랑이던 줄이 아니도 잊힙니다.

하늘 끝

불현듯
집을 나서 산을 치달아
바다를 내다보는 나의 신세여!
배는 떠나 하늘로 끝을 가누나!

해가 산마루에 저물어도

해가 산마루에 저물어도
내게 두고는 당신 때문에 저뭅니다.

해가 산마루에 올라와도
내게 두고는 당신 때문에 밝은 아침이라고 할 것입니다.

땅이 꺼져도 하늘이 무너져도
내게 두고는 끝까지 모두 다 당신 때문에 있습니다.

다시는, 나의 이러한 맘뿐은, 때가 되면,
그림자같이 당신한테로 가우리다.
오오, 나의 애인이었던 당신이여.

맘 켕기는 날

오실 날
아니 오시는 사람!
오시는 것 같게도
맘 켕기는 날!
어느덧 해도 지고 날이 저무네!

개미

진달래꽃이 피고
바람은 버들가지에서 울 때,
개미는
허리 가늣한 개미는
봄날의 한나절, 오늘 하루도
고달피 부지런히 집을 지어라.

부엉새

간밤에
뒷창 밖에
부엉새가 와서 울더니,
하루를 바다 위에 구름이 캄캄.
오늘도 해 못 보고 날이 저무네.

담배

나의 긴 한숨을 동무하는
못 잊게 생각나는 나의 담배!
내력을 잊어버린 옛 시절에
났다가 새 없이 몸이 가신
아씨님 무덤 위의 풀이라고
말하는 사람도 보았어라.
어물어물 눈앞에 스러지는 검은 연기,
다만 타붙고 없어지는 불꽃.
아 나의 괴로운 이 맘이여.
나의 하염없이 쓸쓸한 많은 날은
너와 한가지로 지나가라.

만리성

밤마다 밤마다
온하로밤!
싸핫다 허럿다
긴만리성!

부모

낙엽이 우수수 떨어질 때,
겨울의 기나긴 밤,
어머님하고 둘이 앉아
옛이야기 들어라.

나는 어쩌면 생겨나와
이 이야기 듣는가?
묻지도 말아라, 내일 날에
내가 부모 되어서 알아보랴?

수아(樹芽)

섧다해도
웬만한,
봄이 아니어,
나무도 가지마다 눈을 텄어라!

실제(失題)

이 가람과 저 가람이 모두 쳐흘러
그 무엇을 뜻하는고?

미더움을 모르는 당신의 맘

죽은 듯이 어두운 깊은 골의
꺼림칙한 괴로운 몹쓸 꿈의
퍼르죽죽한 불길은 흐르지만
더듬기에 지치운 두 손길은
불어가는 바람에 식히셔요

밝고 호젓한 보름달이
새벽의 흔들리는 물노래로
수줍음에 추움에 숨을 듯이
떨고 있는 물 밑은 여기외다.

미더움을 모르는 당신의 맘

저 산과 이 산이 마주서서
그 무엇을 뜻하는고?

잊었던 맘

집을 떠나 먼 저곳에
외로이도 다니던 내 심사를!
바람 불어 봄꽃이 필 때에는,
어찌타 그대는 또 왔는가,
저도 잊고 나니 저 모르던 그대
어찌하여 옛날의 꿈조차 함께 오는가.
쓸데도 없이 서럽게만 오고가는 맘.

어버이

잘 살며 못 살며 할일이 아니라
죽지 못해 산다는 말이 있나니,
바이 죽지 못할 것도 아니지만은
금년에 열네 살, 아들 딸이 있어서
순복에 아버님은 못하노란다.

봄 비

어룰없이 지는 꽃은 가는 봄인데
어룰없이 오는 비에 봄은 울어라.
서럽다, 이 나의 가슴속에는!
보라, 높은 구름 나무의 푸릇한 가지.
그러나 해 늦으니 어스름인가.
애달피 고운 비는 그어 오지만
내 몸은 꽃자리에 주저앉아 우노라.

후살이

홀로 된 그 여자
근일(近日)에 와서는 후살이간다 하여라.
그렇지 않으랴, 그 사람 떠나서
제이 십년, 저 혼자 더 살은 오늘날에 와서야……
모두 다 그럴 듯한 사람 사는 일레요.

비단 안개

눈들이 비단 안개에 둘리울 때,
그때는 차마 잊지 못할 때러라.
만나서 울던 때도 그런 날이오,
그리워 미친 날도 그런 때러라.

눈들이 비단 안개에 둘리울 때,
그때는 홀목숨은 못살 때러라.
눈 풀리는 가지에 당치마귀로
젊은 계집 목매고 달릴 때러라.

눈들이 비단 안개에 둘리울 때
그때는 종달새 솟을 때러라.
들에랴, 바다에랴, 하늘에서랴,
아지 못할 무엇에 취할 때러라.

눈들이 비단 안개에 둘리울 때,
그때는 차마 잊지 못할 때러라.

첫사랑 있던 때도 그런 날이오,
영이별 있던 날도 그런 때러라.

기억(記憶)

달 아래 싀멋없이 섰던 그 여자,
서 있던 그 여자의 해쓱한 얼굴,
해쓱한 그 얼굴 적이 파릇함.
다시금 실벗듯한 가지 아래서
시커먼 머리길은 번쩍거리며.
다시금 하룻밤의 식는 강물을
평양의 긴 단장은 슷고 가던 때.
오오 그 싀멋없이 섰던 여자여!

그립다 그 한밤을 내게 가깝던
그대여 꿈이 깊던 그 한동안을
슬픔에 귀여움에 다시 사랑의
눈물에 우리 몸이 맡기었던 때.
다시금 고즈녁한 성 밖 골목의
4월의 늦어가는 뜬눈의 밤을
한두 개 등불 빛은 울어새던 때.
오오 그 싀멋없이 섰던 여자여!

애모

왜 아니 오시나요.
영창에는 달빛, 매화꽃이
그림자는 산란히 휘젓는데.
아이. 눈 꽉 감고 요대로 잠을 들자.

저 멀리 들리는 것!
봄철의 밀물 소리
물나라의 영롱한 구중궁궐, 궁궐의 오요한 곳,
잠 못 드는 용녀의 춤과 노래, 봄철의 밀물 소리.

어두운 가슴속의 구석구석……
환연한 거울 속에, 봄구름 잠긴 곳에,
소슬비 나리며, 달무리 둘녀라.
이대도록 왜 아니 오시나요. 왜 아니 오시나요.

몹쓸 꿈

봄 새벽의 몹쓸 꿈
깨고 나면!
우짖는 까막까치, 놀라는 소리,
너희들은 눈에 무엇이 보이느냐.

봄철의 좋은 새벽, 풀 이슬 맺혔어라.
볼지어다, 세월은 도무지 편안한데,
두새 없는 저 까마귀, 새롭게 우짖는 저 까치야.
나의 흉한 꿈 보이느냐?

고요히 또 봄바람은 봄의 빈 들을 지나가며,
이윽고 동산에서는 꽃잎들이 흩어질 때,
말 들어라, 애틋한 이 여자야, 사랑의 때문에는
모두 다 사나운 조짐인 듯, 가슴은 뒤노아라.

그를 꿈꾼 밤

야밤중, 불빛이 발갛게
어렴풋이 보여라.

들리는 듯, 마는 듯,
발자국 소리.
스러져가는 발자국 소리.

아무리 혼자 누워 몸을 뒤채도
잃어버린 잠은 다시 안 와라.

야밤중, 불빛이 발갛게
어렴풋이 보여라.

여자의 냄새

푸른 구름의 옷 입은 달의 냄새.
붉은 구름의 옷 입은 해의 냄새.
아니, 땀냄새, 때묻은 냄새,
비에 맞아 축업은 살과 옷냄새.

푸른 바다…… 어즈리는 배……
보드라운 그리운 어떤 목숨의
조그마한 푸릇한 그무러진 영(靈)
어우러져 빗기는 살의 아우성……

다시는 장사 지나간 숲속의 냄새.
유령 실은 널뛰는 뱃간의 냄새.
생고기의 바다의 냄새.
늦은 봄의 하늘을 떠도는 냄새.

모래 두덩 바람은 그물 안개를 불고
먼 거리의 불빛은 달 저녁을 울어라.

냄새 많은 그 몸이 좋습니다.
냄새 많은 그 몸이 좋습니다.

분 얼굴

불빛에 떠오르는 샛보얀 얼굴,
그 얼굴이 보내는 호젓한 냄새,
오고 가는 입술의 주고 받는 잔,
가느스름한 손길은 아르대여라.

거무스레하면서도 불그스레한
어렴풋하면서도 다시 분명한
줄그늘 위에 그대의 목소리,
달빛이 수풀 위를 떠흐르는가.

그대하고 나하고 또는 그 계집
밤에 노는 세 사람, 밤의 세 사람,
다시금 술잔 위의 긴 봄밤은
소리도 없이 창 밖으로 새여 빠져라

아내 몸

들고나는 밀물에
배 떠나간 자리야 있으랴.
어질은 아내인 남의 몸인 그대요
「아주, 엄마 엄마라고 불리우기 전에.」

굴뚝이기에 연기가 나고
돌바위 아니기에 좀이 들어라.
젊으나 젊으신 청하늘인 그대요,
「착한 일 하신 분네는 천당 가옵시리라.」

서울 밤

붉은 전등.
푸른 전등.
넓다란 거리면 푸른 전등.
막다른 골목이면 붉은 전등.
전등은 반짝입니다.
전등은 그물입니다.
전등은 또다시 어스렷합니다.
전등은 죽은 듯한 긴 밤을 지킵니다.

나의 가슴의 속모를 곳의
어둡고 밝은 그 속에서도
붉은 전등이 흐득여 웁니다,
푸른 전등이 흐득여 웁니다.
붉은 전등.
푸른 전등.
머나먼 밤하늘은 새카맙니다.
머나먼 밤하늘은 새카맙니다.

서울 거리가 좋다고 해요,
서울 밤이 좋다고 해요.
붉은 전등.
푸른 전등.
나의 가슴의 속모를 곳의
푸른 전등은 고적합니다.
붉은 전등은 고적합니다.

가을 아침에

아득한 퍼스레한 하늘 아래서
회색의 지붕들은 번쩍거리며,
성깃한 섶나무의 드문 수풀을
바람은 오다가다 울며 만날 때,
보일락말락하는 멧골에서는
안개가 어스러히 흘러 쌓여라.

아아 이는 찬비 온 새벽이러라.
냇물도 잎새 아래 얼어붙누나.
눈물에 싸여 오는 모든 기억은
피 흘린 상처조차 아직 새로운
가주난 아기같이 울며 서두는
내 영(靈)을 에워싸고 속살거려라.

「그대의 가슴속이 가비얍던 날
그리운 그 한때는 언제였었노!」
아아 어루만지는 고운 그 소리

쓰라린 가슴에서 속살거리는,
미움도 부끄럼도 잊은 소리에,
끝없이 하염없이 나는 울어라.

가을 저녁에

물은 희고 길구나, 하늘보다도.
구름은 붉구나, 해보다도.
서럽다, 높아가는 긴 들 끝에
나는 떠돌며 울며 생각한다, 그대를.

그늘 깊어 오르는 발 앞으로
끝없이 나아가는 길은 앞으로.
키 높은 나무 아래로, 물마을은
성깃한 가지가지 새로 떠오른다.

그 누가 온다고 한 언약도 없건마는!
기다려 볼 사람도 없건마는!
나는 오히려 못물가를 싸고 떠돈다.
그 못물로는 놀이 잦을 때.

옛낯

생각의 끝에는 졸음이 오고
그리움의 끝에는 잊음이 오나니,
그대여, 말을 말아라, 이후부터,
우리는 옛낯 없는 설움을 모르리.

반달

희멀금하여 떠돈다, 하늘 위에,
빛 죽은 반달이 언제 올랐나!
바람은 나온다, 저녁은 춥구나.
흰 물가엔 뚜렷이 해가 드누나.

어두컴컴한 풀 없는 들은
찬 안개 위로 떠 흐른다.
아, 겨울은 깊었다, 내 몸에는,
가슴이 무너져 내려앉는 이 설움아!

가는 님은 가슴의 사랑까지 없애고 가고
젊음은 늙음으로 바뀌어 든다.
들가시나무의 밤 드는 검은 가지
잎새들만 저녁 빛에 희끄무레 꽃지듯 한다.

깊이 믿든 심성

깊이 믿든 심성이 황량한 내 가슴속에,
오고가는 두서너 구우(舊友)를 보면서 하는 말이
「이제는, 당신네들도 다 쓸데없구려!」

만나려는 심사

저녁 해는 지고서 어스름의 길,
저 먼 산엔 어두워 잃어진 구름,
만나려는 심사는 웬 셈일까요,
그 사람이야 올 길 바이 없는데,
발길은 뉘 마중을 가잔 말이냐.
하늘엔 달 오르며 우는 기러기.

꿈

꿈? 영(靈)의 해적임. 설움의 고향.
울자, 내 사랑, 꽃 지고 저무는 봄.

님과 벗

벗은 설움에서 반갑고
님은 사랑에서 좋아라.
딸기꽃 피어서 향기로운 때를
고추의 붉은 열매 익어 가는 밤을
그대여, 부르라, 나는 마시리.

지연(紙鳶)

오후의 네 길거리 해가 들었다.
시정(市井)의 첫겨울의 적막함이여,
우둑히 문어구에 혼자 섰으면,
흰눈의 잎사귀, 지연이 뜬다.

바람과 봄

봄에 부는 바람, 바람부는 봄,
작은 가지 흔들리는 부는 봄바람,
내 가슴 흔들리는 바람, 부는 봄,
봄이라 바람이라 이내몸에는
꽃이라 술잔이라 하며 우노라.

오시는 눈

땅 위에 새하얗게 오시는 눈.
기다리는 날에는 오시는 눈.
오늘도 저 안 온 날 오시는 눈.
저녁 불 켤 때마다 오시는 눈.

설움의 덩이

꿇어앉아 올리는 향로의 향불.
내 가슴에 조그만 설움의 덩이.
초닷새 달 그늘에 빗물이 운다.
내 가슴에 조그만 설움의 덩이.

낙천(樂天)

살기에 이러한 세상이라고
맘을 그렇게나 먹어야지,
살기에 이러한 세상이라고,
꽃 지고 잎 진 가지에 바람이 운다.

깊고 깊은 언약

몹쓸은 꿈을 깨어 돌아누울 때,
봄이 와서 멧나물 돋아나올 때,
아름다운 젊은이 앞을 지날 때,
잊어버렸던 듯이 저도 모르게,
얼결에 생각나는 「깊고 깊은 언약」

눈

새하얀 흰 눈, 가비얍게 밟을 눈,
재 같아서 날릴 듯 꺼질 듯한 눈,
바람엔 흩어져도 불길에야 녹을 눈.
계집의 마음. 님의 마음.

붉은 조수

바람에 밀려드는 저 붉은 조수
저 붉은 조수가 밀어들 때마다
나는 저 바람 위에 올라서서
푸릇한 구름의 옷을 입고
불 같은 저 해를 품에 안고
저 붉은 조수와 나는 함께
뛰놀고 싶구나, 저 붉은 조수와.

남의 나라 땅

돌아다보이는 무쇠다리
얼결에 뛰어건너 서서
숨그르고 발 놓는 남의 나라 땅.

천리만리(千里萬里)

말리지 못할 만치 몸부림하며
마치 천리만리나 가고도 싶은
맘이라고나 하여 볼까.
한줄기 쏜살같이 뻗은 이 길로
줄곧 치달아 올라가면
불붙는 산의, 불붙는 산의
연기는 한두 줄기 피어올라라.

어인(漁人)

헛된 줄 모르고나 살면 좋아도!
오늘도 저 너머에편 마을에서는
고기잡이 배 한 척 길 떠났다고.
작년에도 바닷놀이 무서웠건만.

생과 사

살았대나 죽었대나 같은 말을 가지고
사람은 살아서 늙어서야 죽나니,
그러하면 그 역시 그럴 듯도 한 일을,
하필코 내 몸이라 그 무엇이 어째서
오늘도 산마루에 올라서서 우느냐.

귀뚜라미

산바람 소리.
찬 비 듣는 소리.
그대가 세상 고락 말하는 날 밤에,
순막집 불도 지고 귀뚜라미 울어라.

불운에 우는 그대여

불운에 우는 그대여, 나는 아노라
무엇이 그대의 불운을 지었는지도,
부는 바람에 날려,
밀물에 흘러,
굳어진 그대의 가슴속도.
모두 지나간 나의 일이면.
다시금 또 다시금
적황의 포말은 북고여라, 그대의 가슴속의
암청의 이끼여, 거칠은 바위

월색

달빛은 밝고 귀뚜라미 울 때는
우둑히 싀멋없이 잡고 섰든 그대를
생각하는 밤이여, 오오 오늘 밤
그대 찾아 데리고 서울로 가나?

바다가 변하여 뽕나무밭 된다고

걷잡지 못할 만한 나의 이 설움,
저무는 봄 저녁에 져 가는 꽃잎,
져 가는 꽃잎들은 나부끼어라.
예로부터 일러 오며 하는 말에도
바다가 변하여 뽕나무밭 된다고.
그러하다, 아름다운 청춘의 때의
있다던 온갖 것은 눈에 설고
다시금 낯모르게 되나니,
보아라, 그대여, 서럽지 않은가.
봄에도 삼월의 져 가는 날에
붉은 피같이도 쏟아져 내리는
저기 저 꽃잎들을, 저기 저 꽃잎들을.

황촉불

황촉불, 그저도 까맣게
스러져가는 푸른 창을 기대고
소리조차 없는 흰 밤에,
나는 혼자 거울에 얼굴을 묻고
뜻없이 생각없이 들여다보노라.
나는 이르노니, 「우리 사람들
첫날밤은 꿈속으로 보내고
죽음은 조는 동안에 와서,
별 좋은 일도 없이 스러지고 말아라.」

맘에 있는 말이라고 다 할까보냐

하소연하며 한숨을 지으며
세상을 괴로워하는 사람들이여!
말을 나쁘지 않도록 좋이 꾸밈은
닳아진 이 세상의 버릇이라고, 오오 그대들!
맘에 있는 말이라고 다 할까보냐.
두세 번 생각하라, 우선 그것이
저부터 밑지고 들어가는 장사일진댄.
사는 법이 근심은 못 가른다고,
남의 설움을 남은 몰라라.
말 마라, 세상, 세상 사람은
세상의 좋은 이름 좋은 말로써
한 사람을 속옷마저 벗긴 뒤에는
그를 네 길거리에 세워놓아라, 장승도 마치 한가지.
이 무슨 일이냐, 그날로부터,
세상 사람들은 제가끔 제 비위의 헐한 값으로
그의 몸값을 매기자고 덤벼들어라.
오오 그러면, 그대들은 이후에라도
하늘을 우러르라, 그저 혼자, 섧거나 괴롭거나.

구름

저기 저 구름을 잡아타면
붉게도 피로 물든 저 구름을,
밤이면 새카만 저 구름을.
잡아타고 내 몸은 저 멀리로
구만리 긴 하늘을 날아 건너
그대 잠든 품속에 안기렸더니,
애스러라, 그리는 못한대서,
그대여, 들으라 비가 되어
저 구름이 그대한테로 내리거든,
생각하라, 밤저녁, 내 눈물을.

나의 집

들가에 떨어져 나가앉은 멧기슭의
넓은 바다의 물가 뒤에,
나는 지으리, 나의 집을,
다시금 큰길을 앞에다 두고,
길로 지나가는 그 사람들은
제각기 떨어져서 혼자 가는 길.
하이한 여울턱에 날은 저물 때.
나는 문간에 서서 기다리리
새벽 새가 울며 지새는 그늘로
세상은 희게, 또는 고요하게,
번쩍이며 오는 아침부터,
지나가는 길손을 눈여겨 보며,
그대인가고, 그대인가고.

훗길

어버이님네들이 외오는 말이
「딸과 아들을 기르기는
훗길을 보자는 심성이로라.」
그러하다, 분명히 그네들도
두 어버이 틈에서 생겼어라.
그러나 그 무엇이냐, 우리 사람!
손들어 가리키던 먼 훗날에
그네들이 또다시 자라 커서
한결같이 외오는 말이
「훗길을 두고 가자는 심성으로
아들 딸을 늙도록 기르노라.」

부부

오오 아내여, 나의 사랑!
하늘이 무어준 짝이라고
믿고 살음이 마땅치 아니한가.
아직 다시 그러랴, 안 그러랴?
이상하고 별난 사람의 맘,
저 몰라라, 참인지, 거짓인지?
정분으로 얽은 딴 두 몸이라면.
서로 어그점인들 또 있으랴.
한평생이라도 반백년
못 사는 이 인생에!
연분의 진실이 그 무엇이랴?
나는 말하려노라, 아무러나,
죽어서도 한곳에 묻히더라.

새벽

낙엽이 발이 숨는 못물가에
우뚝우뚝한 나무 그림자
물빛조차 어슴프러히 떠오르는데,
나 혼자 섰노라, 아직도 아직도,
동녘 하늘은 어두운가.
천인(天人)에도 사랑 눈물, 구름 되어,
외로운 꿈의 베개, 흐렸는가
나의 님이여, 그러나 그러나
고이도 불그스레 물질러 와라
하늘 밟고 저녁에 섰는 구름.
반달은 중천에 지새일 때.

여름의 달밤

서늘하고 달 밝은 여름밤이여
구름조차 희미한 여름밤이여
그지없이 거룩한 하늘로서는
젊음의 붉은 이슬 젖어내려라.

행복의 맘이 도는 높은 가지의
아슬아슬 그늘 잎새를
배불러 기어도는 어린 벌레도
아아 모든 물결은 북받았어라.

뻗어뻗어 오르는 가시덩굴도
희미하게 흐르는 푸른 달빛이
기름 같은 연기에 먹감올러라.
아아 너무 좋아서 잠 못 들어라.

우긋한 풀대들은 춤을 추면서
갈잎들은 그윽한 노래 부를 때.

오오 내려 흔드는 달빛 가운데
나타나는 영원을 말로 새겨라.

자라는 물벼이삭 벌에서 불고
마을로 은(銀)숫듯이 오는 바람은
눅자추는 향기를 두고 가는데
인가들은 잠들어 고요하여라.

하루종일 일하신 아기 아버지
농부들도 편안히 잠들었어라.
영 기슭의 어둑한 그늘 속에선
쇠스랑과 호미뿐 빛이 피어라.

이윽고 식새리의 우는 소리는
밤이 들어가면서 더욱 잦을 때
나락밭 가운데의 우물가에는
농녀(農女)의 그림자가 아직 있어라.

달빛은 그무리며 넓은 우주에
잃어졌다 나오는 푸른 별이요.
식새리의 울음의 넘는 곡조요.
아아 기쁨 가득한 여름밤이여.

삼간집에 불붙는 젊은 목숨의
정열에 목맺히는 우리 청춘은
서느러운 여름밤 잎새 아래의
희미한 달빛 속에 나부끼어라.

한때의 자랑 많은 우리들이여
농촌에서 지내는 여름보다도
여름의 달밤보다 더 좋은 것이
인간에 이 세상에 다시 있으랴.

조그만 괴로움도 내어버리고
고요한 가운데서 귀기울이며

흰 달의 금물결에 노를 저어라
푸른 밤의 하늘로 목을 놓아라.

아아 찬양하여라 좋은 한때를
흘러가는 목숨을 많은 행복을.
여름의 어스러한 달밤 속에서
꿈 같은 즐거움의 눈물 흘러라.

오는 봄

봄날이 오리라고 생각하면서
쓸쓸한 긴 겨울을 지나 보내라.
오늘 보니 백양의 뻗은 가지에
전에 없이 흰 새가 앉아 울어라.

그러나 눈이 깔린 두덩 밑에는
그늘이냐 안개냐 아지랑이냐.
마을들은 곳곳이 움직임 없이
저편 하늘 아래서 평화롭건만.

새들게 지껄이는 까치의 무리.
바다를 바라보며 우는 까마귀.
어디로서 오는지 종경소리는
젊은 아기 나가는 조곡(弔曲)일러라.

보라 때에 길손도 머뭇거리며
지향없이 갈 발이 곳을 몰라라.

사무치는 눈물은 끝이 없어도
하늘을 쳐다보는 삶의 기쁨.

저마다 외로움이 깊은 근심이
오도 가도 못하는 망상거림에
오늘은 사람마다 님을 여의고
곳을 잡지 못하는 설움일러라.

오기를 기다리는 봄의 소리는
때로 여윈 손끝을 울릴지라도
수풀 밑에 서러운 머리결들은
걸음걸음 괴로이 발에 감겨라.

우리 집

이 바로
외따로 와 지나는 사람 없으니
「밤 자고 가자」 하며 나는 앉아라.

저 멀리, 하늘 편에
배는 떠나 나가는
노래 들리며

눈물은
흘러내려라
스르르 내려감는 눈에.

꿈에도 생시에도 눈에 선한 우리 집
또 저 산 넘어넘어
구름은 가라.

물마름

주으린 새무리는 마른 나무의
해지는 가지에서 재갈이던 때.
온종일 흐르던 물 그도 곤하여
놀 지는 골짜기에 목이 메던 때.

그 누가 알았으랴 한쪽 구름도
걸려서 흐득이는 외로운 영(嶺)을
숨차게 올라서는 여윈 길손이
달고 쓴 맛이라면 다 겪은 줄을.

그곳이 어디더냐 남이장군이
말 먹여 물 끼얹던 푸른 강물이
지금에 다시 흘러 둑을 넘치는
천백 리 두만강이 예서 백십 리.

무산(茂山)의 큰 고개가 예가 아니냐
누구나 예로부터 의를 위하여

싸우다 못 이기면 몸을 숨겨서
한때의 못난이가 되는 법이라.

그 누가 생각하랴 삼백 년래에
차마 받지 다 못할 한과 모욕을
못 이겨 칼을 잡고 일어섰다가
인력의 다함에서 스러진 줄을.

부러진 대쪽으로 활을 메우고
녹슬은 호미쇠로 칼을 별러서
다독(茶毒)된 삼천리에 북을 울리며
정의의 기(旗)를 들던 그 사람이여.

그 누가 기억하랴 다북동에서
피 물든 옷을 입고 외치던 일을
정주성 하룻밤의 지는 달빛에
애끊긴 그 가슴이 숫기된 줄을.

물 위에 뜬 마름에 아침 이슬을
불붙는 산마루에 피었던 꽃을
지금에 우러르며 나는 우노라
이루며 못 이룸에 박(薄)한 이름을.

바리운 몸

꿈에 울고 일어나
들에
나와라.

들에는 소슬비
머구리*는 울어라.
풀그늘 어두운데

뒷짐지고 땅 보며 머뭇거릴 때.

누가 반딧불 꾀어드는 수풀 속에서
「간다 잘 살아라」하며, 노래 불러라.

---

* 머구리 : 「개구리」의 옛말.

엄숙

나는 혼자 뫼 위에 올랐어라.
솟아 퍼지는 아침 햇볕에
풀잎도 번쩍이며
바람은 속삭여라.
그러나
아아 내 몸의 상처받은 맘이여
맘은 오히려 저푸고 아픔에 고요히 떨려라
또 다시금 나는 이 한때에
사람에게 있는 엄숙을 모두 느끼면서.

들도리

들꽃은
피어
흩어졌어라.

들풀은
들로 한벌 가득히 자라 높았는데,
뱀의 헐벗은 묵은 옷은
길 분전의 바람에 날아돌아라.

저보아, 곳곳이 모든 것은
번쩍이며 살아 있어라.
두 나래 펼쳐 떨며
소리개도 높이 떴어라.

때에 이내몸
가다가 또다시 쉬기도 하며,
숨에 찬 내 가슴은

기쁨으로 채워져 사뭇 넘쳐라.

걸음은 다시금 또 더 앞으로……

바라건대는 우리에게
우리의 보습 대일 땅이 있었더면

나는 꿈꾸었노라, 동무들과 내가 가지런히
벌가의 하루 일을 다 마치고
석양에 마을로 돌아오는 꿈을,
즐거이, 꿈 가운데.

그러나 집 잃은 내 몸이여,
바라건대는 우리에게 우리의 보습 대일 땅이 있었더면!
이처럼 떠돌으랴, 아침에 저물손에
새라 새로운 탄식을 얻으면서.

동이랴, 남북이랴,
내 몸은 떠가나니, 볼지어다,
희망의 반짝임은, 별빛이 아득임은.
물결뿐 떠올라라, 가슴에 팔다리에.

    그러나 어쩌면 황송한 이 심정을! 날로 나날이 내
앞에는

자칫 가늘은 길이 이어가라. 나는 나아가리라.
한 걸음, 또 한 걸음. 보이는 산비탈엔
온 새벽 동무들 저저 혼자······ 산경을 김매이는.

밭고랑 위에서

우리 두 사람은
키 높이 가득 자란 보리밭, 밭고랑 위에 앉았어라.
일을 필하고 쉬이는 동안의 기쁨이여.
지금 두 사람은 이야기에는 꽃이 필 때.

오오 빛나는 태양은 내려쪼이며
새무리들도 즐거운 노래, 노래 불러라.
오오 은혜여, 살아 있는 몸에는 넘치는 은혜여,
모든 은근스러움이 우리의 맘속을 차지하여라.

세계의 끝은 어디? 자애의 하늘은 넓게도 덮였는데,
우리 두 사람은 일하며, 살아 있었어,
하늘과 태양을 바라보아라, 날마다 날마다도,
새라 새로운 환희를 지어내며, 늘 같은 땅 위에서.

다시 한 번 활기있게 웃고 나서, 우리 두 사람은
바람에 일리우는 보리밭 속으로

호미 들고 들어갔어라, 가지런히 가지런히,
걸어 나아가는 기쁨이여, 오오 생명의 향상이여.

저녁때

마소의 무리와 사람들은 돌아들고, 적적히 빈 들에
엉머구리 소리 우거겨라.
푸른 하늘은 더욱 낮추, 먼 산 비탈길 어둔데
우뚝우뚝한 드높은 나무, 잘 새도 깃들어라.

볼수록 넓은 벌의
물빛을 물끄러미 들여다보며
고개 수그리고 박은 듯이 홀로 서서
긴 한숨을 짓느냐. 왜 이다지!

온 것은 아주 잊었어라, 깊은 밤 예서 함께
몸이 생각에 가볍고, 맘이 더 높이 떠오를 때.
문득, 멀지 않은 갈숲 새로
별빛이 솟구어라.

합장

나들이. 단 두 몸이라. 밤빛은 배여 와라.
아, 이거 봐, 우거진 나무 아래로 달 들어라.
우리는 말하며 걸었어라, 바람은 부는 대로.

등불 빛에 거리는 헤적여라, 희미한 하늘 편에
고이 밝은 그림자 아득이고
퍽도 가까운, 풀밭에서 이슬이 번쩍여라.
밤은 막 깊어, 사방은 고요한데,
이마즉, 말도 안 하고, 더 안 가고,
길가에 우두커니. 눈감고 마주 서서.

먼먼 산. 산절의 절 종소리. 달빛은 지새어라.

묵념

이슥한 밤, 밤 기운 서늘할 제
홀로 창턱에 걸터앉아, 두 다리 늘이우고.
첫 머구리 소리를 들어라.
애처롭게도, 그대는 먼저 혼자서 잠드누나.

내 몸은 생각에 잠잠할 때. 희미한 수풀로서
촌가의 액막이 제(祭) 지내는 불빛은 새어 오며,
이윽고, 비난수도 머구리 소리와 함께 잦아져라.
가득히 차 오는 내 심령은…… 하늘과 땅 사이에.

나는 무심히 일어 걸어 그대의 잠든 몸 위에 기대여라
움직임 다시 없이, 만뢰(萬籟)는 구적(俱寂)한데,
희요(熙耀)히 내려비추는 별빛들이
내 몸을 이끌어라, 무한히 더 가깝게.

무덤

그 누가 나를 혜내는 부르는 소리
불그스름한 언덕, 여기저기
돌무더기도 움직이며, 달빛에,
소리만 남은 노래 서러워 엉켜라,
옛 조상들의 기록을 묻어둔 그곳!
나는 두루 찾노라, 그곳에서,
흔적 없는 노래 홀러 퍼져,
그림자 가득한 언덕으로 여기저기,
그 누구가 나를 혜내는 부르는 소리
부르는 소리, 부르는 소리
내 넋을 잡아 끌어 혜내는 부르는 소리.

열락

어둡게 깊게 목메인 하늘.
꿈의 품속으로서 글러나오는
애닲이 잠 안 오는 유령의 눈결.
그림자 검은 개버드나무에
쏟아져 내리는 비의 줄기는
흐느껴 비끼는 주문의 소리.

시커먼 머리채 풀어 헤치고
아우성하면서 가시는 따님.
헐벗은 벌레들은 꿈트릴 때,
흑혈(黑血)의 바다. 고목동굴(枯木洞屈)
탁목조(啄木鳥)*의
쪼아리는 소리, 쪼아리는 소리.

_____

* 주 : 딱따구리

122

여수

1

유월 어스름 때의 빗줄기는
암황색의 시골(屍骨)을 묶어 세운 듯,
뜨며 흐르며 잠기는 손의 널 쪽은
지향도 없어라, 단청의 홍문(紅門)!

2

저 오늘도 그리운 바다,
건너다보자니 눈물겨워라!
조그마한 보드라운 그 옛적 심정의
분결 같던 그대의 손의
사시나무보다도 더한 아픔이
내 몸을 에워싸고 휘떨며 찔러라,
나서 자란 고향의 해돋는 바다요.

비난수하는 맘

함께 하려노라, 비난수하는 나의 맘,
모든 것을 한짐에 묶어가지고 가기까지,
아침이면 이슬 맞은 바위의 붉은 줄로,
기어 오르는 해를 바라다보며, 입을 벌리고.

떠돌아라 비난수하는 맘이어, 갈매기 같이,
다만 무덤뿐이 그늘을 얼른이는 하늘 위를,
바닷가의. 잃어버린 세상의 있다던 모든 것들은
차라리 내 몸이 죽어가서 없어진 것만도 못하건만.

또는 비난수하는 나의 맘, 헐벗은 산 위에서,
떨어진 잎 타서 오르는, 냇내의 한줄기로,
바람에 나부끼라 저녁은, 흩어진 거미줄의
밤에 맺혔던 이슬은 곧 다시 떨어진다고 할지라도.

함께 하려 하노라, 오오 비난수하는 나의 맘이여,
있다가 없어지는 세상에는

오직 날과 날이 닭소리와 함께 달아나 버리며,
가까웁는, 오오 가까웁는 그대뿐이 내게 있거라!

찬 저녁

퍼르스럿한 달은, 성황당의
군데군데 헐어진 담 모도리에
우둑히 걸리었고, 바위 위의
까마귀 한쌍, 바람에 나래를 펴라.

엉기한 무덤들은 들먹거리며,
눈 녹아 황토 드러난 멧기슭의,
여기라, 거리 불빛도 떨어져나와,
집짓고 들었노라, 오오 가슴이여

세상은 무덤보다도 다시 멀고
눈물은 물보다 더러움이 없어라.
오오 가슴이여, 모닥불 피어오르는
내 한세상, 마당가의 가을도 갔어라.

그러나 나는, 오히려 나는
소리를 들어라, 눈석이물이 썩어리는,

땅 위에 누워서, 밤마다 누워,
담 모도리에 걸린 달을 내가 또 봄으로.

초혼

산산이 부서진 이름이여!
허공 중에 헤어진 이름이여!
불러도 주인 없는 이름이여!
부르다가 내가 죽을 이름이여!

심중에 남아 있는 말 한마디는
끝끝내 마저하지 못하였구나.
사랑하던 그 사람이여!
사랑하던 그 사람이여!

붉은 해는 서산 마루에 걸리었다.
사슴이의 무리도 슬피 운다.
떨어져나가 앉은 산 위에서
나는 그대의 이름을 부르노라.

설움에 겹도록 부르노라.
설움에 겹도록 부르노라.

부르는 소리는 비껴가지만
하늘과 땅 사이가 너무 넓구나.

선 채로 이 자리에 돌이 되어도
부르다가 내가 죽을 이름이여!
사랑하던 그 사람이여!
사랑하던 그 사람이여!

개여울의 노래

그대가 바람으로 생겨났으면!
달 돋는 개여울의 빈 들 속에서
내 옷의 앞자락을 불기나 하지.

우리가 굼벵이로 생겨났으면!
비오는 저녁 캄캄한 영 기슭의
미욱한 꿈이나 꾸어를 보지.

만일에 그대가 바다난 끝의
벼랑에 돌로나 생겨났더면,
둘이 안고 굴며 떨어나지지.

만일에 나의 몸이 불귀신이면
그대의 가슴속을 밤도와 태워
둘이 함께 재 되어 스러지지.

진달래꽃

나 보기가 역겨워
가실 때에는
말없이 고이 보내드리우리다

영변에 약산
진달래꽃
아름 따다 가실 길에 뿌리우리다

가시는 걸음걸음
놓인 그 꽃을
사뿐히 즈려밟고 가시옵소서

나 보기가 역겨워
가실 때에는
죽어도 아니 눈물 흘리우리다

길

어제도 하룻밤
나그네 집에
까마귀 까악까악 울며 새었소.

오늘은
또 몇 십리
어디로 갈까.

산으로 올라 갈까
들로 갈까
오라는 곳이 없어 나는 못 가오.

말마소 내 집도
정주 곽산
차 가고 배 가는 곳이라오.

여보소 공중에

저 기러기
공중엔 길 있어서 잘 가는가?

여보소 공중에
저 기러기
열십자 복판에 내가 섰소.

갈래갈래 갈린 길
길이라도
내게 바이 갈 길은 하나 없소.

개여울

당신은 무슨 일로
그리합니까?
홀로이 개여울에 주저앉아서

파릇한 풀포기가
돋아나오고
잔물은 봄바람에 해적일 때에

가도 아주 가지는
않노라시던
그러한 약속이 있었겠지요

날마다 개여울에
나와 앉아서
하염없이 무엇을 생각합니다

가도 아주 가지는

않노라심은
굳이 잊지 말라는 부탁인지요

가는 길

그립다
말을 할까
하니 그리워

그냥 갈까
그래도
다시 더 한 번……

저 산에도 까마귀, 들에 까마귀,
서산에는 해진다고
지저귑니다.

앞 강물, 뒷 강물
흐르는 물은
어서 따라오라고 따라가자고
흘러도 연달아 흐릅디다려.

꽃촛불 켜는 밤

꽃촛불 켜는 밤, 깊은 골방에 만나라.
아직 젊어 모를 몸, 그래도 그들은
「해 달같이 밝은 맘, 저저마다 있노라.」
그러나 사랑은 한두 번만 아니라, 그들은 모르고.

꽃촛불 켜는 밤, 어스러한 창 아래 만나라.
아직 앞길 모를 몸, 그래도 그들은
「솔대같이 굳은 맘, 저저마다 있노라.」
그러나 세상은 눈물날 일 많아라, 그들은 모르고.

왕십리

비가 온다
오누나
오는 비는
울지라도 한 닷새 왔으면 좋지.

여드레 스무날엔
온다고 하고
초하루 삭망(朔望)이면 간다고 했지.
가도 가도 왕십리 비가 오네.

웬걸, 저 새야
울려거든
왕십리 건너가서 울어나 다고,
비 맞아 나른해서 벌새가 운다.

천안에 삼거리 실버들도
촉촉히 젖어서 늘어졌다네.

비가 와도 한 닷새 왔으면 좋지.
구름도 산마루에 걸려서 운다

원앙침

바드득 이를 갈고
죽어 볼까요
창가에 아롱아롱
달이 비친다

눈물은 새우잠의
팔굽 베개요
봄 꿩은 잠이 없어
밤에 와 운다.

두동달이 베개는
어디 갔는고
언제는 둘이 자던 베갯머리에
「죽자 사자」 언약도 하여 보았지.

봄메의 멧기슭에
우는 접동도

내 사랑 내 사랑
좋이 울것다.

두동달이 베개는
어디 갔는고
창가에 아롱아롱
달이 비친다.

무심

시집와서 삼 년
오는 봄은
거친 벌난벌에 왔습니다

거친 벌난벌에 피는 꽃은
졌다가도 피노라 이릅니다
소식없이 기다린
이태 삼 년

바로 가던 앞 강이 간 봄부터
굽이 돌아 휘돌아 흐른다고
그러나 말 마소, 앞 여울의
물빛은 예대로 푸르렀소

시집와서 삼 년
어느 때나
터진 개 개여울의 여울물은
거친 벌난벌에 흘렀습니다.

강촌

날 저물고 돋는 달에
흰 물은 솰솰……
금모래 반짝…….
청노새 몰고 가는 낭군!
여기는 강촌
강촌에 내 몸은 홀로 사네.
말하자면, 나도 나도
늦은 봄 오늘이 다 진(盡)토록
백년처권(百年妻眷)을 울고 가네.
길세 저문 나는 선비,
당신은 강촌에 홀로 된 몸.

산

산새도 오리나무
위에서 운다
산새는 왜 우노, 시메산골
영(嶺) 넘어갈라고 그래서 울지.

눈은 내리네, 와서 덮이네.
오늘도 하룻길
칠팔십 리
돌아서서 육십 리는 가기도 했소.

불귀(不歸), 불귀, 다시 불귀,
삼수갑산에 다시 불귀.
사나이 속이라 잊으련만,
십오 년 정분을 못 잊겠네

산에는 오는 눈, 들에는 녹는 눈.
산새도 오리나무

위에서 운다.
삼수갑산 가는 길은 고개의 길.

삭주구성(朔州龜城)

물로 사흘 배 사흘
먼 삼천리
더더구나 걸어넘는 먼 삼천리
삭주구성은 산을 넘은 육천리요

물 맞아 함빡히 젖은 제비도
가다가 비에 걸려 오노랍니다
저녁에는 높은 산
밤에 높은 산

삭주구성은 산너머
먼 육천리
가끔가끔 꿈에는 사오천리
가다 오다 돌아오는 길이겠지요

서로 떠난 몸이길래 몸이 그리워
님을 둔 곳이길래 곳이 그리워

못 보았소 새들도 집이 그리워
남북으로 오며가며 아니합니까

들 끝에 날아가는 나는 구름은
밤쯤은 어디 바로 가 있을 텐고
삭주구성은 산너머
먼 육천리

널

성춘(城村)의 아가씨들
널뛰노나
초파일 날이라고
널을 뛰지요

바람 불어요
바람이 분다고!
담 안에는 수양의 버드나무
채색줄 충충 그네 매지를 말아요

담 밖에는 수양의 늘어진 가지
늘어진 가지는
오오 누나!
휘젓이 늘어져서 그늘이 깊소.

좋다 봄날은
몸에 겹지

널뛰는 성촌의 아가씨네들
널은 사랑의 버릇이라오

춘향과 이도령

평양에 대동강은
우리나라에
곱기로 으뜸가는 가람이지요

삼천리 가다가다 한가운데는
우뚝한 삼각산이
솟기도 했소

그래 옳소 내 누님, 오오 누이님
우리나라 섬기던 한 옛적에는
춘향과 이도령도 살았다지요

이편에는 함양, 저편에 담양,
꿈에는 가끔가끔 산을 넘어
오작교 찾아찾아 가기도 했소

그래 옳소 누이님 오오 내 누님

해돋고 달돋아 남원 땅에는
성춘향 아가씨가 살았다지요

접동새

접동
접동
아우래비 접동

진두강(津頭江) 가람가에 살던 누나는
진두강 앞마을에
와서 웁니다

옛날, 우리나라
먼 뒤쪽의
진두강 가람가에 살던 누나는
의붓어미 시샘에 죽었습니다

누나라고 불러보랴
오오 불설워
시새움에 몸이 죽은 우리 누나는
죽어서 접동새가 되었습니다

아홉이나 남아 되던 오랩동생을
죽어서도 못 잊어 차마 못 잊어
야삼경 남 다 자는 밤이 깊으면
이산 저산 옮아가며 슬피 웁니다

집 생각

산에나 올라서서
바다를 보라
사면에 백여 리, 창파 중에
객선만 중중…… 떠나간다.

명산대찰이 그 어디메냐
향안(香案), 향탑(香榻), 대그릇에,
석양이 산머리 넘어가고
사면에 백여 리, 물소리라

「젊어서 꽃 같은 오늘날로
금의로 환고향(還故鄕)하옵소서.」
객선만 중중…… 떠나간다
사면에 백여 리, 나 어찌 갈까

까투리도 산속에 새끼치고
타관 만리에 와 있노라고

산중만 바라보며 목메인다
눈물이 앞을 가리운다고

들에나 내려오면
치어다보라
해님과 달님이 넘나든 고개
구름만 첩첩…… 떠돌아 간다

산유화

산에는 꽃 피네
꽃이 피네
갈 봄 여름 없이
꽃이 피네

산에
산에
피는 꽃은
저만치 혼자서 피어 있네

산에서 우는 작은 새요
꽃이 좋아
산에서
사노라네

산에는 꽃 지네
꽃이 지네

갈 봄 여름 없이
꽃이 지네

부귀공명

거울 들어 마주 온 내 얼굴을
좀더 미리부터 알았던들,
늙는 날 죽는 날을
사람은 다 모르고 사는 탓에,
오오 오직 이것이 참이라면,
그러나 내 세상이 어디인지?
지금부터 두여들 좋은 년광(年光)
다시 와서 내게도 있을 말로
전보다 좀더 전보다 좀더
살음즉이 살는지 모르련만.
거울 들어 마주 온 내 얼굴을
좀더 미리부터 알았던들!

추회(追悔)

나쁜 일까지라도 생의 노력,
그 사람은 선사(善事)도 하였으라
그러나 그것도 허사(虛事)라고!
나 역시 알지마는, 우리들은
끝끝내 고개를 넘고넘어
짐신고 닫든 말도 순막집의
허청(虛廳)까, 석양손에
고요히 조는 한때는 다 있나니,
고요히 조는 한때는 다 있나니.

무신(無信)

그대가 돌이켜 물을 줄도 내가 아노라,
「무엇이 무신(無信)함이 있더냐?」하고,
그러나 무엇하랴 오늘 날은
야속히도 당장에 우리 눈으로
볼 수 없는 그것을, 물과 같이
흘러가서 없어진 맘이라고 하면.

검은 구름은 멧기슭에서 어정거리며,
애처롭게도 우는 산의 사슴이
내 품에 속속들이 붙안기는 듯.
그러나 밀물도 쎄이고 밤은 어두워
닻주었던 자리는 알 길이 없어라.
시정(市井)의 홍정 일은
외상으로 주고받기도 하건마는.

꿈 길

물구슬의 봄 새벽 아득한 길
하늘이여 들 사이에 넓은 숲
젖은 향기 불긋한 잎 위의 길
실 그물의 바람 비쳐 젖은 숲
나는 걸어가노라 이러한 길
밤 저녁의 그늘진 그대의 꿈
흔들리는 다리 위 무지개 길
바람조차 가을 봄 거츠는 꿈

사노라면 사람은 죽는 것을

하루하도 몇 번씩 내 생각은
내가 무엇하려고 살려는지?
모르고 살았노라, 그럴 말로
그러나 흐르는 저 냇물이
흘러가서 바다로 든댈진댄.
일로 좇아 그러면, 이내몸은
애쓴다고는 말부터 잊으리라.
사노라면 사람은 죽는 것을
그러나, 다시 내 몸,
봄빛의 불붙는 사태흙에
집 짓는 저 개미
나도 살려 하노라, 그와 같이
사는 날 그날까지
살음에 즐거워서,
사는 것이 사람의 본뜻이면
오오 그러면 내 몸에는
다시금 애쓸 일도 더 없어라
사노라면 사람은 죽는 것을.

희망

날은 저물고 눈이 내려라
낯설은 물가으로 내가 왔을 때.
산속의 올빼미 울고 울며
떨어진 잎들은 눈 아래로 깔려라.

아아 숙살(肅殺)스러운 풍경이여
지혜의 눈물을 내가 얻을 때!
이제금 알기는 알았건마는!
이 세상 모든 것을
한갓 아름다운 눈어림의
그림자뿐인 줄을.

이우러 향기 깊은 가을밤에
우무주러진 나무 그림자
바람과 비가 우는 낙엽 위에.

하다못해 죽어 달래가 옳나

아주 나는 바랄 것 더 없노라
빛이랴 허공이랴,
소리만 남은 내 노래를
바람에나 띄워서 보낼밖에.
하다못해 죽어 달래가 옳나
좀더 높은 데서나 보았으면!

한세상 다 살아도
살은 뒤 없을 것을,
내가 다 아노라 지금까지
살아서 이만큼 자랐으니.
예전에 지내본 모든 일을
살았다고 이를 수 있을진댄!

물가의 닳아져 널린 굴 꺼풀에
붉은 가시덤불 뻗어 늙고
어둑어둑 저문 날을

비바람에 울지는 돌무더기
하다못해 죽어 달래가 옳나
밤의 고요한 때라도 지켰으면!

전망

뿌엿한 하늘, 날도 채 밝지 않았는데,
흰 눈이 우멍구멍 쌓인 새벽,
저 남편 물가 위에
이상한 구름은 충충대 떠올라라.

마을 아기는
무리지어 서재로 올라들 가고,
시집살이 하는 젊은이들은
가끔가끔 우물길 나들어라.

숙삭(肅索)한 난간 위를 거닐으며
내가 볼 때 온 아침, 내 가슴의,
좁혀 옮긴 그림장이 한 옆을,
한갓 더운 눈물로 어룽지게.

어깨 위에 총 메인 사냥바치
반백의 머리털에 바람 불며

한번 달음박질. 올길 다 왔어라.
흰 눈이 만산편야(滿山遍野) 쌓인 아침.

나는 세상 모르고 살았노라

「가고 오지 못한다」는 말을
철없던 내 귀로 들었노라.
만수산 올라 서서
옛날에 갈라선 그 내 님도
오늘날 뵈올 수 있었으면.

나는 세상 모르고 살았노라,
고락(苦樂)에 겨운 입술로는
같은 말도 조금 더 영리하게
말하게도 지금은 되었건만.
오히려 세상 모르고 살았으면!

「돌아서면 무심타」는 말이
그 무슨 뜻인 줄을 알았으랴.
제석산 붙는 불은 옛날에 갈라선 그 내 님의
무덤의 풀이라도 태웠으면!

금잔디

잔디,
잔디,
금잔디,
심심산천에 붙는 불은
가신 님 무덤가에 금잔디.
봄이 왔네, 봄빛이 왔네.
버드나무 끝에도 실가지에.
봄빛이 왔네, 봄날이 왔네.
심심산천에도 금잔디에.

달맞이

정월 대보름날 달맞이,
달맞이 달마중을, 가자고!
새라 새 옷은 갈아입고도
가슴엔 묵은 설움 그대로,
달맞이 달마중을, 가자고!
달마중 가자고, 이웃집들!
산 위에 수면에 달 솟을 때.
돌아들 가자고, 이웃집들!
모작별 삼성이 떨어질 때.
달맞이 달마중을 가자고!
다니던 옛동무 무덤가에
정월 대보름날 달맞이!

엄마야 누나야

엄마야 누나야 강변 살자,
뜰에는 반짝이는 금모랫빛,
뒷문 밖에는 갈잎의 노래
엄마야 누나야 강변 살자.

닭은 꼬꾸요

닭은 꼬꾸요, 꼬꾸요 울제,
헛잡으니 두 팔은 밀려났네.
애도 타리만치 기나긴 밤은……
꿈깨친 뒤엔 감도록 잠 아니오네.

위에는 청초언덕, 곳은 깁섬.
엊저녁 대인 남포 뱃간.
몸을 잡고 뒤재며 누웠으면
솜솜하게도 감도록 그리워오네.

아무리 보아도
밝은 등불, 어스럼한데.
감으면 눈속엔 흰 모래밭,
모래에 어린 안개는 물 위에 슬제

대동강 뱃나루에 해돋아 오네.

첫 치마

봄은 가나니 저문 날에,
꽃은 지나니 저문 봄에,
속없이 우나니, 지는 꽃을,
속없이 느끼나니 가는 봄을.
꽃지고 잎진 가지를 잡고
미친 듯 우나니, 집 난 이는
해 다 지고 저문 봄에
허리에도 감은 첫 치마를
눈물로 함빡이 쥐어짜며
속없이 우노나 지는 꽃을,
속없이 느끼노나, 가는 봄을.

2
....
그리워

그리워

봄이 다 가기 전,
이 꽃이 다 홅기 전
그린 님 오실까구
뜨는 해 지기 전에.

엷게 흰 안개 새에
바람은 무겁거니,
밤샌 달 지는 양자,
어제와 그리 같이.

붙일 길 없는 맘세,
그린 님 언제 뵐련,
우는 새 다음 소린,
늘 함께 듣사오면.

낭인의 봄

휘둘리 산을 넘고,
굽이진 물을 건너,
푸른 풀 붉은 꽃에
길 걷기 시름이어.

잎 누런 시닥나무,
철 이른 푸른 버들,
해 벌써 석양인데
불어 스치는 바람이어.

골짜기 이는 연기
뫼 틈에 잠기는데,
산마루 도는 손의
스러지는 그림자여.

산길가 외론 주막,
어이그, 쓸쓸한데,

먼저 든 짐장사의
곤한 말 한 소리여.

지는 해 그림자니,
오늘은 어디까지,
어둔 뒤 아무데나,
가다가 묵을네라.

풀숲에 물김 뜨고,
달빛에 새 놀래는,
고운 봄 야반(夜半)에도
내 사람 생각이어.

야(夜)의 우적(雨滴)

어데로 돌아가랴,
나의 신세는,
내 신세 가엾이도
물과 같아라.

험구진 산막지면
돌아서 가고,
모지른 바위이면
넘쳐 흐르랴.

그러나 그리해도
헤날 길 없어,
가엾은 설움만은
가슴 눌러라.

그 아마 그도 같이
야의 우적,

그같이 지향없이
헤매임이라.

오과(午過)의 읍(泣)

노란 꽃에 수 놓인
푸른 되 위에,
불 새 없이 옮기는
해 그늘이어.

나물 그릇 옆에 낀
어린 따님의,
가는 나비 바라며,
눈물짐이어.

앞길가에 버들잎,
벌써 푸르고,
어제 보던 진달래
흩어짐이어.

늦은 봄의 농사집,
쓸쓸도 해라.

지겟문만 닫히고,
닭의 소리여.

벌에 부는 바람은
해를 보내고,
골에 우는 새소리
열어감이어.

누운 곳이 차차로
누거워 오니,
이름 모를 시름에
해 늦음이어.

거친 풀 흐트러진 모래동으로

거친 풀 흐트러진 모래동으로
맘 없이 걸어가면 놀래는 청령(青蛉).

들꽃 풀 보드라운 향기 맡으면
어린 적 놀던 동무 새 그리운 맘.

길다란 쑥대 끝을 삼각(三角)에 메워
거미줄 감아들고 청령을 쫓던

늘 함께 이 동위에 이 풀숲에서
놀던 그 동무들은 어디로 갔노!

어린 적 내 놀이터 이 동마루는
지금 내 흩어진 벗 생각의 나라.

먼 바다 바라보며 우둑히 서서
나 지금 청령 따라 왜 가지 않노.

등불과 마주 앉았으려면

적적히
다만 밝은 등불과 마주 앉았으려면
아무 생각도 없이 그저 울고만 싶습니다,
왜 그런지야 알 사람이 없겠습니다마는.

아두운 밤에 홀로이 누웠으려면
아무 생각도 없이 그저 울고만 싶습니다,
왜 그런지야 알 사람도 없겠습니다마는,
탓을 하자면 무엇이라 말할 수는 있겠습니다마는.

제비

오늘 아침 먼동 틀 때
강남의 더운 나라로
제비가 울고불며 떠났습니다.

잘가라는 듯이
살살 부는 새벽의
바람이 불 때에 떠났습니다.

어이를 이별하고
떠난 고향의
하늘을 바라보던 제비이지요.

길가에서 떠도는 몸이길래,
살살 부는 새벽의
바람이 부는데도 떠났습니다.

죽으면?

죽으면? 죽으면 도루 흙 되지.
흙이 되기 전, 그것이 사람.
사람. 물에 물 탄 것, 그것이 살음.
설움. 이는 맹물에 돌을 삶은 셈.
보아라 갈바람에 나뭇잎 하나!

맘에 속의 사람

잊힐 듯이 볼 듯이 늘 보던 듯이
그립기도 그리운 참말 그리운
이 나의 맘에 속에 속모를 곳에
늘 있는 그 사람을 내가 압니다.

언제도 언제라도 보기만 해도
다시 없이 살뜰할 그 내 사람은
한두 번만 아니게 본 듯하여서
나자부터 그리운 그 사람이오.

남은 다 어림없다 이를지라도
속에 깊이 있는 것, 어찌하는가,
하나 진작 낯모를 그 내 사람은
다시 없이 알뜰한 그 내 사람은……

나를 못 잊어 하여 못 잊어 하여
애타는 그 사랑이 눈물이 되어,

한끝 만나리 하는 내 몸을 가져
몹쓸음을 둔 사람, 그 나의 사람?

고적(孤寂)한 날

당신님의 편지를
받은 그날로
서러운 풍설(風說)이 돌았습니다.

물에 던져달라고 하신 그 뜻은
언제나 꿈꾸며 생각하라는
그 말씀인 줄 압니다.

흘려 쓰신 글씨나마
언문(諺文) 글자로
눈물이라고 적어 보내셨지요.

물에 던져달라고 하신 그 뜻은
뜨거운 눈물 방울방울 흘리며,
맘 곱게 읽어달라는 말씀이지요.

공원의 밤

백양가지에 우는 전등은 깊은 밤의 못물에
어렷하기도 하며 어득하기도 하여라,
어둡게 또는 소리없이 가늘게
줄줄의 버드나무에서는 비가 쌓일 때.

푸른 그늘은 낮은 듯이 보이는 긴 잎 아래로
마주 앉아 고요히 내려깔리던 그 보드라운 눈길!
언제, 검은 내는 떠돌아올라 비구름이 되어라
아아 나는 우노라 「그 옛적의 내 사람!」

장별리(將別里)

연분홍 저고리, 빨간 불 붙은
평양에도 이름 높은 장별리,
금실 은실의 가는 비는
비스듬히도 내리네 뿌리네.

털털한 배암무늬 돋은 양산에
내리는 가는 비는
위에나 아래나 내리네, 뿌리네.

흐르는 대동강, 한복판에
울며 돌던 벌새의 떼무리,
당신과 이별하는 한복판에
비는 쉴 틈도 없이 내리네, 뿌리네.

가는 봄 삼월

가는 봄 삼월, 삼월은 삼진
강남 제비도 안 잊고 왔는데.
아무렴은요
설게 이때는 못 잊게, 그리워.

잊으시기야, 했으랴, 하마 어느새,
님 부르는 꾀꼬리 소리.
울고 싶은 바람은 점도록 부는데
설리도 이때는
가는 봄 삼월, 삼월은 삼진

길손

얼굴 훨끔한 길손이어,
지금 막, 지는 해도 그림자조차
그대의 무거운 발 아래로
여지도 없이 스러지고 마는데

둘러보는 그대의 눈길을 막는
삐죽삐죽한 멧봉우리
기어오르는 구름 끝에도
비낀 놀은 붉어라, 앞이 밝게.

천천히 밤은 외로이
근심스럽게 지쳐 나리나니
물소리 처량한 냇물가에,
잠깐, 그대의 발길을 멈추라.

길손이어,
별빛에 푸르도록 푸른 밤이 고요하고

맑은 바람은 땅을 씻어라.
그대의 씨달픈 마음을 가다듬을지어다.

어려 듣고 자라 배워 내가 안 것은

이것은 어려운 일인 줄은 알면서도,
나는 아득이노라, 지금 내 몸이
돌아서서 한 걸음만 내어놓으면!
그 뒤엔 모든 것이 꿈 되고 말련마는.
그도 보면 엎드러친 물은 흘러버리고
산에서 시작한 바람은 벌에 불더라.

타다 남은 촛불의 지는 불꽃을
오히려 뜨거운 입김으로 불어가면서
비추어볼 일이야 있으랴, 오오 있으랴
차마 그대의 두려움에 떨리는 가슴의 속을,
때에 자리잡고 있는 낯모를 그 한 사람이
나더러 「그만하고 갑시사」 하며, 말을 하더라.

붉게 익은 댕추의 씨로 가득한 그대의 눈은
나를 가르쳐 주었어라, 열 스무 번 가르쳐 주었어라.
어려 듣고 자라 배워 내가 안 것은

무엇이랴 오오 그 무엇이랴?
모든 일은 할 대로 하여 보아도
얼마만한 데서 말 것이더라.

옷과 밥과 자유

공중에 떠다니는
저기 저 새여
네 몸에는 털 있고 깃이 있지.

밭에는 밭곡식
논에는 물벼
눌하게 익어서 수그러졌네!

금산(禁山) 지나 적유령(狄踰嶺)
넘어선다
짐 실은 저 나귀는 너 왜 넘니?

고향

1
짐승은 모를는지 고향인지라
사람은 못 잊는 것 고향입니다
생시에는 생각도 아니하는 것
잠들면 어느덧 고향입니다

조상님 뼈 가서 묻힌 곳이라
송아지 동무들과 놀던 곳이라
그래서 그런지도 모르지마는
아아 꿈에서는 항상 고향입니다

2
봄이면 곳곳이 산새 소리
진달래 화초 만발하고
가을이면 골짜구니 물드는 단풍
흐르는 샘물 위에 떠나린다

바라보면 하늘과 바닷물과

차 차 차 마주 붙어 가는 곳에
고기잡이배 돛 그림자
어기여차 디여차 소리 들리는 듯

3
떠도는 몸이거든
고향이 탓이 되어
부모님 기억, 동생들 생각
꿈에라도 항상 그곳서 뵈옵니다

고향이 마음속에 있습니까
마음속에 고향도 있습니다
제 넋이 고향에 있습니까
고향에도 제 넋이 있습니다

마음에 있으니까 꿈에 뵈지요
꿈에 보는 고향이 그립습니다

그곳에 넋이 있어 꿈에 가지요
꿈에 가는 고향이 그립습니다

4
물결에 떠내려간 부평 줄기
자리잡을 새도 없네
제자리로 돌아갈 날 있으랴마는!
괴로운 바다 이 세상에 사람인지라 돌아가리

고향을 잊었노라 하는 사람들
나를 버린 고향이라 하는 사람들
죽어서만은 천애일방(天涯一方) 헤매지 말고
넋이라도 있거들랑 고향으로 네 가거라

신앙

눈을 감고 잠잠히 생각하라
무거운 짐에 우는 목숨에는
받아 가질 안식을 더 하랴고
반드시 힘있는 도움의 손이
그대들을 위하여 기다릴지니.

그러나, 길은 다하고 날이 저무는가.
애처로운 인생이어
종소리는 배 바삐 흔들리고
애꿎은 조가(弔歌)는 비껴 올 때,
머리 수그리며 그대 탄식하리.

그러나, 꿇어앉아 고요히
빌라, 힘있게 경건하게.
그대의 맘 가운데
그대를 지키고 있는 아름다운 신(神)을
높이 우러러 경배하라.

멍에는 괴롭고 짐은 무거워도
두드리던 문은 멀지 않아 열릴지니,
가슴에 품고 있는 명멸의 그 등잔을
부드러운 예지의 기름으로
채우고 또 채우라.

그러하면, 목숨의 봄두던의
살음을 감사하는 높은 가지
잊었던 진리의 봉우리에 잎은 피며
신앙의 불붙는 고운 잔디
그대의 헐벗은 영(靈)을 싸덮으리.

잠

생각하는 머리에
누워 보는 글줄에
가깝게도 너는 늘
숨어드네 떠도네.

일곱 별의 밤 하늘
번쩍이는 깁그물
내 나래를 얽으며
달이 든다 가람물.

노래한다 갈잎새
꽃이 핀다 물모래
다복할사 내 베개
네게 맡길 그 한때.

하지마는 새로이
내 눈썹에 눈물이

젖는 줄을 알고는
그만 너는 가겠지.

두루 나는 찾는다
가신 네가 행여나
다시 올까 올까고
하지마는 얼없다.

봄철이면 동틀녘
겨울이면 초저녁
그리운 이 너 하나
외로워서 슬플 적.

해 넘어가기 전 한참은

해 넘어가기 전 한참은
하염없기도 그지없다,
연주홍물 엎지른 하늘 위에
바람의 흰 비둘기 나돌으며 나뭇가지는 운다.

해 넘어가기 전 한참은
조마조마하기도 끝없다,
저의 맘을 제가 스스로 늦구는 이는 복 있나니
아서라, 피곤한 길손은 자리잡고 쉴지어다.

까마귀 좇난다
종소리 비낀다.
송아지가 「음마」 하고 부른다
개는 하늘을 쳐다보며 짖는다.

해 넘어가기 전 한참은
처량하기도 짝없다

마을 앞 개천가의 체지(體地) 큰 느티나무 아래를
그늘진 데라 찾아 나가서 숨어 울다 올꺼나.

해 넘어가기 전 한참은
귀엽기도 더하다.
그렇거든 자네도 이리 좀 오시게
검은 가사로 몸을 싸고 염불이나 외우지 않으랴.

해 넘어가기 전 한참은
유난히 다정도 할세라
고요히 서서 볼모루 모루모루
치마폭 번쩍 펼쳐들고 반겨오는 저 달을 보시오.

상쾌한 아침

무연한 벌 위에 들어다 놓은 듯한 이 집
또는 밤새에 어디서 어떻게 왔는지 아지 못할 이 비.
친개지(親開地)에도 봄은 와서 가냘픈 빗줄은
뚝가의 어슴푸레한 개버들 어린 엄도 축이고,
난벌에 파릇한 뉘 집 파밭에도 뿌린다.
뒷 가시나무밭에 깃들인 까치떼 좋아 지껄이고
개굴가에서 오리와 닭이 마주 앉아 깃을 다듬는다.
무연한 이 벌, 심어서 자라는 꽃도 없고 메꽃도 없고
이 비에 장차 이름 모를 들꽃이나 필는지?
장쾌한 바닷물결, 또는 구릉의 미묘한 기복도 없이
다만 되는 대로 되고 있는 대로 있는, 무연한 벌!
그러나 나는 내버리지 않는다, 이 땅이 지금 쓸쓸타고,
나는 생각한다, 다시금, 시원한 빗발이 얼굴을 칠 때,
예서뿐 있을 앞날의, 많은 변전(變轉)의 후에
이 땅이 우리의 손에서 아름다워질 것을! 아름다워질
것을!

고만두 풀노래를 가져
월탄(月灘)에게 드립니다

1
즌퍼리의 물가에
우거진 고만두
고만두풀 꺾으며
「고만두라」합니다.

두 손길 맞잡고
우두커니 앉았소.
잔지르는 수심가(愁心歌)
「고만두라」합니다.
슬그머니 일면서
「고만갑소」하여도
앉은 대로 앉아서
「고만두고 맙시다」고.

고만두 풀숲에

풀버러지 날을 때
둘이 잡고 번갈아
「고만두고 맙시다」

2
「어찌하노 하다니」
중얼이는 혼잣말
나도 몰라 왔어라
입버릇이 된 줄을.

쉬일 때나 있으랴
생시엔들 꿈엔들
어찌하노 하다니
뒤채이는 생각을.

하지마는 「어찌노」
중얼이는 혼잣말

바라나니 인간에
봄이 오는 어느 날.

돋히어나 주고저
마른 나무 새 엄을,
두들겨나 주고저
소리 잊은 내 북을.

눈물이 수르르 흘러납니다

눈물이 수르르 흘러납니다,
당신이 하도 못 잊게 그리워서.
그리 눈물이 수르르 흘러납니다.

잊히지도 않는 그 사람은
아주나 내버린 것이 아닌데도,
눈물이 수르르 흘러납니다.

가뜩이나 설운 맘이
떠나지 못할 운(運)에 떠난 것도 같아서
생각하면 눈물이 수르르 흘러납니다.

항전애창(巷傳哀唱) 명주딸기

1
딸기 딸기 명주딸기
집집이 다 자란 맏딸아기
딸기 딸기는 다 익었네
내일은 열하루 시집갈 날
일모창산 날 저문다
월출동정에 달이 솟네
오호로 배 띄어라
범녀도 님 싣고 떠나간 길

노던 벌에
오는 비는
숙낭자의
눈물이다

어얼시구 밤이 간다
내일은 열하루 시집갈 날

2

흰꽃 흰꽃 흰 나비와
흰 이마 흰 눈물 검은 머리.
흰꽃 흰꽃 나붓는데
흰 이마 흰 눈물 검은 머리.

3

뫼에서 보면 바다이 좋고
바다에서는 뫼가 좋고
온듸 간듸 다 좋아도
어디다 내 집을 지어 둘고.

4

있다고 있는 척 못할 일이
없다고 부러워 안할 일이
세상에 못난 이 없는 것이
저 잘난 성수에 살아 보리.

5
죽어간 님을 님이래랴
뚫어진 신짝을 신이래랴
앞 남산에 불탄 등걸
잎 피던 자국에 좀이 드네.

대수풀 노래

─이는 유우석(劉禹錫)의 죽지사(竹枝詞)를 본받음이니 모두 열한 편이라. 그
말에 가다가다 야한 점이 있을는지는 몰라도 이 또한 제게 메운 격이라 하리
니 꽤 장고에 맞추며 춤에도 맞추어 노래로 노래할 수 있으리로다.

1

왕검성 꿈에 잔디 돋고
모란봉 아래 물 맑았소.
서도 사람의 제 노래에
북관 각시네 우지 마소.

2

곱지서발을 해 올라와
봄철 안개는 스러져가
강 위에 둥실 뜬 저 배는
서도 손님을 모신 배라.

3

저분네 잠깐 내 말 듣소
이 글자 한 장 전해 주소

나 사는 집은 평양성중(平壤城中)
배다릿골로 찾아보소.

4
장산고지는 열두 고지
못 다닌다는 말도 있지
아하 산 설고 물 설은데
나 누구 찾아 여기 왔니.

5
산에는 총총 복숭아꽃
산에는 총총 오야지꽃
구름장 아래 연기 뜬다
연기 뜬 데가 나 사는 곳.

6
가락지 쟁강하거든요

은(銀)봉채 쟁강하거든요
대동강 십리 나룻길에
물 길러 온 줄 자네 아소.

7
반달 여울의 옅은 물에
어기차 소리 연(連) 잦을 때
금실비단의 돛단배는
백일청천(百日靑天)에 어리었네.

8
강물은 맑고 평탄한데
강으로 오는 님의 노래
동에 해 나고 서에는 비
비 오다 말고 해가 나네.

9
십리장림(十里長林)은 곳곳이 풀

근처 멧집은 집집이 술
오다가다도 들려주소
앉아 보아도 좋은 그늘.

10
기자능(箕子陵) 솔의 상상가지
뻐꾸기 앉아 우는 소리
영명사(永明寺) 절에 묵던 손도
밤에 깨어 나무아미.

11
보통문루(普通門樓) 송객정(送客亭)의
버들가지는 또 자랐지.
아하 산 설고 물 설은데
나 누구 찾아 여기 왔니.

꿈자리

오오 내 님이여? 당신이 내게 주시려고 간 곳마다
이 자리를 깔아 놓아 두시지 않으셨어요. 그렇겠어요.
확실히 그러신 줄을 알겠어요. 간 곳마다 저는 당신이
퍼놓아 주신 이 자리 속에서 항상 살게 되므로 당신이
미리 그러신 줄을 제가 알았어요.

오오 내 님이여! 당신이 깔아 놓아 주신 이 자리는
맑은 못 밑과 같이 고조곤도 하고 아늑도 했어요. 홈
싹홈싹 숨치우는 보드라운 모래 바닥과 같은 긴 길이
항상 외롭고 힘없은 저의 발길을 그리운 당신한테로
인도하여 주겠지요. 그러나 내 님이여! 밤은 어둡구
요 찬바람도 불겠지요. 닭은 울었어도 여태도록 빛나
는 새벽은 오지 않겠지요. 오오 제 몸에 힘 되시는 내
그리운 님이여! 외롭고 힘없은 저를 부둥켜 안으시고
영원히 당신의 믿음성스러운 그 품속에서 저를 잠들게
하여 주셔요.

당신이 깔아 놓아 주신 이 자리는 외로움고 쓸쓸합
니다마는 제가 이 자리 속에서 잠자고 놀고 당신만을

생각할 그때에는 아무러한 두려움도 없고 괴로움도 잊어버려지고 마는데요.

그러면 님이여! 저는 이 자리에서 종신토록 살겠어요.

오오 내 님이여! 당신은 하루라도 저를 이 세상에 더 묵게 하시려고 이 자리를 간 곳마다 깔아 놓아 두셨어요. 집 없고 고단한 제 몸의 종적을 불쌍히 생각하셔서 검소한 이 자리를 간 곳마다 제 소유로 장만하여 두셨어요. 그리고 또 당신은 제 엷은 목숨의 줄을 온전히 붙잡아 주시고 외로이 일생을 제가 위험 없은 이 자리 속에 살게 하여 주셨어요.

오오 그러면 내 님이여! 끝끝내 저를 이 자리 속에 두어 주셔요. 당신이 손수 당신의 그 힘 되고 믿음성 부른 품속에다 고요히 저를 잠들려 주시고 저를 또 이 자리 속에 당신이 손수 묻어 주셔요.

팔베개 노래

첫날에 길동무
만나기 쉬운가
가다가 만나서
길동무 되지요.

가장(家長)만 님이랴
정들면 님이지
한평생 고락을
다짐둔 팔베개.

첫닭아 꼬꾸요
목놓지 말아라
내품에 안긴님
단꿈이 깰리라.

오늘은 하룻밤
단잠의 팔베개

내일은 상사(相思)의
거문고 베개라.

조선의 강산아
네그리 좁더냐
삼천리 서도를
끝까지 왔노라.

집뒷산 솔버섯
다투던 동무야
어느 뉘 가문에
시집을 갔느냐.

공중에 뜬새도
의지가 있건만
이몸은 팔베개
뜬풀로 돌지요.

고독

설움의 바닷가의
모래밭이라
침묵의 하루해만 또 저물었네

탄식의 바닷가의
모래밭이니
꼭 같은 열두시만 늘 저무누나

바잽의 모래밭에
돋는 봄풀은
매일 붓는 별 불에 타도 나타나

설움의 바닷가의
모래밭은요
봄 와도 봄 온 줄을 모른다더라

이즘의 바닷가의 모래밭이면

오늘도 지는 해니 어서 져 다오
아쉬움의 바닷가 모래밭이니
둑 씻는 물소리나 들려나 다오.

삼수갑산(三水甲山)

— 차안서 선생 삼수갑산운(次岸曙 三水甲山韻)

삼수갑산 내 왜 왔노 삼수갑산이 어디뇨
　　오고나니 기험(奇險)타 이하 물도 많고 산 첩첩이
라 아하하

내 고향을 도로 가자 내 고향을 내 못 가네
　　삼수갑산 멀더라 아하 촉도지난(蜀道之難)이 예로
구나 아하하

삼수갑산이 어디뇨 내가 오고 내 못 가네
　　불귀(不歸)로다 내 고향 아하 새가 되면 떠가리라
아하하

님 계신 곳 내 고향을 내 못 가네 내 못 가네
　　오다가다 야속타 아하 삼수갑산이 날 가두었네 아하
하

내 고향을 가고지고 오호 삼수갑산 날 가두었네

불귀(不歸)로다 내 몸이야 아하 삼수갑산 못 벗어
난다 아하하

고락

무거운 짐 지고서 닫는 사람은
기구한 발부리만 보지 말고서
때로는 고개들어 사방산천의
시원한 세상풍경 바라보시오

먹이의 달고 씁은 입에 달리고
영욕의 고(苦)와 낙(樂)도 맘에 달렸소
보시오 해가 져도 달이 뜬다오
그믐밤 날 궂거든 쉬어 가시오

무거운 짐 지고서 닫는 사람은
숨차다 고갯길을 탄치 말고서
때로는 맘을 눅여 탄탄대로의
이제도 있을 것을 생각하시오

편안히 괴로움의 씨도 되고요
쓰림은 즐거움의 씨가 됩니다

보시오 화전(火田)망정 갈고 심으면
가을에 황금이삭 수북 달리오

칼날 우에 춤추는 인생이라고
물 속에 몸을 던진 몹쓸 계집애
어찌면 그럴 듯도 하긴 하지만
그렇지 않은 줄은 왜 몰랐던고

칼날 위에 춤추는 인생이라고
자기가 칼날 우에 춤을 춘 게지
그 누가 미친 춤을 추라 했나요
얼마나 비꼬이운 계집애던가

야말로 제 고생을 제가 사서는
잡을 데 다시 없어 엄나무지요
무거운 짐 지고서 닫는 사람은
길가의 청풀밭에 쉬어가시오

무거운 짐 지고서 닫는 사람은
기구한 발부리만 보지 말고서
때로는 춘하추동 사방산천의
뒤바뀌는 세상도 바라보시오

무겁다 이 짐일랑 벗을 겐가요
괴롭다 이 길일랑 아니 걷겠나
무거운 짐 지고서 닫는 사람은
보시오 시내 위의 물 한 방울을

한 방울 물이라도 모여 흐르면
흘러가서 바다의 물결 됩니다
하늘로 올라가서 구름 됩니다
다시금 땅에 내려 비가 됩니다

비 되어 나린 물이 모둥켜지면
산간엔 폭포 되어 수력전기요

들에선 관개(灌漑)되어 만종석(萬鍾石)이요
메말라 타는 땅엔 기름입니다

어여쁜 꽃 한 가지 이울어갈 제
밤에 찬 이슬 되어 축여도 주고
외로운 어느 길손 창자 주릴 제
길가의 찬 샘 되어 눅궈도 주오

시내의 여지없는 물 한 방울도
흐르는 그만 뜻이 이러하거든
어느 인생 하나이 저만 저라고
기구하다 이 길을 타발켓나요

이 짐이 무거움에 뜻이 있고요
이 짐이 괴로움에 뜻이 있다오
무거운 짐 지고서 닫는 사람이
이 세상 사람다운 사람이라오

가시나무

산에도 가시나무 가시덤불은
덤불덤불 산마루로 뻗어올랐소.

산에는 가려 해도 가지 못 하고
바로 말로 집도 있는 내 몸이라오.

길에 나선 혼잣몸이 홑옷자락은
하룻밤에 두세 번은 젖기도 했소.

들에도 가시나무 가시덤불은
덤불덤불 들 끝으로 뻗어나갔소.

농촌 처녀를 보고

뽕 따고 나물 캐는
아리따운 저 처녀의
샛하얀 가슴속에
넘치는 붉은 사랑
진주 같은 그 사랑
그 누가 엿보랴
춘정(春情)에 움직이는
부끄러운 그 미소
맑은 공기를
가벼이 흔드누나

마음의 눈물

내 마음에서 눈물 난다.
뒷산에 푸르른 미루나무 잎들이 알지,
내 마음에서, 마음에서 눈물 나는 줄을,
나 보고 싶은 사람, 나 한번 보게 하여 주소,
우리 작은놈 날 보고 싶어하지
건넛집 갓난이도 날 보고 싶을 테지,
나도 보고 싶다, 너희들이 어떻게 자라는 것을.
나 하고 싶은 노릇이나 하게 하여 주소.
못 잊혀 그리운 너의 품속이여!
못 잊히고, 못 잊혀 그립길래 내가 괴로워하는 조선이여.

마음에서 오늘날 눈물이 난다.
앞뒤 한길 포플러 잎들이 안다.
마음속에 마음의 비가 오는 줄을,
갓난이야 갓놈아 나 바라보라
아직도 한길 위에 인기척 있나,
무엇 이고 어머니 오시나 보다.
부뚜막 쥐도 이젠 달아났다.

외로운 무덤

그대 가자 맘속에 생긴 이 무덤
봄은 와도 꽃 하나 안 피는 무덤.

그대 간 지 십년에 뭐라 못 잊고
제 철마다 이다지 생각 새론고.

때 지나면 모두 다 잊는다 하나
어제런듯 못 잊을 서러운 그 옛날.

안타까운 이 심사 둘 곳이 없어
가슴치며 눈물로 봄을 맞노라.

건강한 잠

상냥한 태양이 씻은 듯한 얼굴로
산속 고요한 거리 위를 쓴다
봄 아침 자리에서 가주 일은 다는 몸에
홑것을 걸치고 들에 나가 거닐면
산뜻이 살에 숨는 바람이 좋기도 하다.
뽀죽뽀죽한 풀 엄을
밟는가봐 저어
발도 사분히 가려놓을 때,
과거의 십년 기억은 머리 속에 선명하고 오늘날의
보람 많은 계획이 확실히 선다.
마음과 몸이 아울러 유쾌한 간밤의 잠이어.

칠석(七夕)

저기서 반짝, 별이 총총,
여기서는 반짝, 이슬이 총총,
오며 가면서는 반짝, 반딧불 총총,
강변에는 물이 흘러 그 소리가 돌돌이라.

까막까치 깃 다듬어
바람이 좋으니 솔솔이요,
구름물 속에는 달 떨어져서
그 달이 복판 깨여지니 칠월 칠석날에도 저녁은 반
달이라.

까마귀 까왁 「나는 가오.」 까치 쩍쩍 「나도 가오.」
「하느님 나라의 은하수에 다리 놓으러 우리 가오.」
「아니라 작년에도 울었다오. 신틀 오빠가 울었다오.
금년에도 아니나 울니라오, 베틀 누나가 울니라오.」

「신틀 오빠, 우리 왔소.」

「베틀 누나, 우리 왔소.」
「까마귀떼 첫 문안하니 그 문안은 반김이요,
까치떼가 문안하니 그 다음 문안이 잘 있소」라

「신틀 오빠, 우지 마오.」
「베틀 누나, 우지 마오.」
「신틀 오빠님 날이 왔소.」
「베틀 누나님 날이 왔소.」
은하수에 밤중만 다리 되어
베틀 누나 신틀 오빠 만나니 오늘이 칠석이라.

하늘에는 별이 총총, 하늘에는 별이 총총.
강변에서도 물이 흘러 소리조차 돌돌이라.
은하가 년년 잔별밭에
밟고 가는 자곡자곡 밟히는 별에 꽃이 피니
오늘이 사랑의 칠석이라.

집집마다 불을 다니 그 이름이 촛불이요,

해마다 봄철 돌아드니 그 무듬마다 멧부리요.
달 돋고 별 돋고 해가 돋아
하늘과 땅이 불붙으니 붙는 불이 사랑이라.

가며 오나니 반딧불 깜빡, 땅 위에도 이슬이 깜빡,
하늘에는 별이 깜빡, 하늘에는 별이 깜빡,
은하가 년년 잔별밭에
돌아서는 자곡자곡 밝히는 별이 숙기지니
오늘이 사랑의 칠석이라.

제이 · 엠 · 에쓰

평양서 나신 인격의 그 당신님, 제이, 엠, 에쓰,
덕 없는 나를 미워하시고
재조있던 나를 사랑하셨다.
오산 계시던 제이, 엠, 에쓰
십년 봄 만에 오늘 아침 생각난다.

근년 처음 꿈 없이 자고 일어나며.
얽은 얼굴에 자그만 키와 여윈 몸매는
달은 쇠꿈 같은 지조가 튀어날 듯
타듯하는 눈동자만이 유난히 빛나셨다.
민족을 위하여는 더도 모르시는 열정의 그 님

소박한 풍채, 인자하신 옛날의 그 모양대로,
그러나, 아—— 술과 계집과 이(利)에 헝클어져
십오년에 허주한 나를
웬일로 그 당신님
맘속으로 찾으시오? 오늘 아침.

아름답다. 큰 사랑은 죽는 법 없어,
기억되어 항상 내 가슴속에 숨어 있어,
미쳐 거츠르는 내 양심을 잠재우리,
내가 괴로운 이 세상 떠날 때까지.

깊은 구멍

그 세월이 지나가고 볼 것 같으면 뒤에 오는 모든 기억이 지나간 그것들은 모두 다 무의미한 것 같기도 하리다마는 확실히 그렇지 않습니다.

글쎄 여보셔요! 어느 틈에 당신은 내 가슴속에 들어와 있던가요? 아무리 하여도 모르겠는걸요.

오! 나의 애인이여!

인제 보니까, 여태 나의 부지런과 참아오고 견디어온 것이며 심지어 조그마한 고통들까지라도 모두 다 당신을 위하는 심성으로 나온 것이었겠지요. 어쩌면 그것이 값없는 것이 되고 말리야 있겠어요.

오! 나의 애인이여.

그러나 당신이 그 동안 내 가슴속에 숨어 계셔서 무슨 그리 소삽스러운 일을 하셨는지 나는 벌써 다 알고 있지요. 일로 앞날 당신을 떠나서는 다만 한 시각이라도 살아 있지 못하게끔 된 것일지라도 말하자면 그것이 까닭이 될 것밖에 없어요.

밉살스러운 사람도 있겠지! 그렇게 커다란 거무죽

죽한 깊은 구멍을 남의 평화롭던 가슴속에다 뚫어놓고 기뻐하시면 무엇이 그리 좋아요.

오! 나의 애인이여.

당신의 손으로 지으신 그 구멍의 심천(深淺)을 당신이 알으시리다. 그러면 날마다 날마다 그 구멍이 가득히 차서 빈틈이 없도록 당신의 맑고도 향기로운 그 봄 아침의 아지랑이 수풀 속에 파묻힌 꽃이슬의 향기보다도 더 귀한 입김을 쉬일 새 없이 나의 조그만 가슴속으로 불어넣어 주세요.

길차부

　가랴 말랴 하는 길이었길래, 차부조차 더디인 것이
아니에요.

　오, 나의 애인이여.

　안타까와라. 일과 일은 꼬리를 맞물고, 생기는 것
같습니다그려. 그렇지 않고야 이 길이 왜 이다지 더디
일까요.

　어렷두렷하였달지, 저리도 해는 산머리에서 바재이
고 있습니다. 그런데 왜, 아직아직 내 조고마한 가슴
속에는 당신한테 일러둘 말이 남아 있나요.

　오, 나의 애인이여.

　나를 어서 놓아 보내주세요. 당신의 가슴속이 나를
꽉 붙잡습니다.

　길심매고 감발하는 동안, 날은 어둡습니다. 야속도
해라, 아주아주 내 조고만 몸은 당신의 소용대로 내어
맡겨도, 당신의 맘에는 기쁘겠지요. 아직아직 당신한
테 일러둘 말이 내 조고만 가슴에 남아 있는 줄을 당
신이야 왜 모를라구요. 당신의 가슴속이 나를 꽉 붙잡

습니다.

그러나 오, 나의 애인이여.

성색(聲色)

아무것도 보지 않으려고 눈 감아도
그 얼굴, 얄망궂은 그 얼굴이
또 온다, 까부른다, 해족이 웃으며.
그대요, 비켜라. 나는 편히 쉬려고 한다.

아무것도 보지 않으려고 이불을 추켜 써도
꼬꾸닥한다, 이불 속에서 넋맞이 닭이.
징 북은 쿵다쿵 꽹.「네가 나를 잊느냐.」
그대여, 끊지라. 나는 편히 쉬려고 한다.

이것저것 다 잊었다고 꿈을 꾸니
산 턱에 청기와집 중들이 오락가락.
여기서도 그 얼굴이 꼬깔 쓰고「남무아미타불」
오오 넋이여, 그대도 쉬랴. 나도 편히 쉬려고 한다.

이불

구름의 깃 머릿결, 향그런 이불,
펴놓나니 오늘 밤도 그대 연(緣)하여
푸른 넌출 눈앞에 벋어 자는 이 이불,
송이송이 흰 구슬이 그대 연하여
피어나는 불꽃에 뚫어지는 이 이불,
서러워라 밤마다 밤마다 그대 연하여
그리운 잠자리요, 향기 젖은 이불.

작은 방 속을 나 혼자

찬 안개는 덮어 나리는 흰 서리로
처젖은 잎은 아득이는 이 저녁
아, 의지(依支) 없는 내 영(靈)은 떨며 울어라
늙음을 재촉하는 서러운 나이여.

가려는 어둠은 나뭇가지에 걸리며
쌔왓는 잎 아래로 뿌려 스며라,
먼 지구(地球)의 하늘 그림자로 들면서는
검은 머리 하루 함께 스러지어라.

기회

강 위에 다리는 놓였던 것을!
건너가지 안코서 저 볏는 동안
「때」의 거친 물결은 볼 새도 없이
다리를 무너치고 흘렀습니다.

먼저 건넌 당신이 어서 오라고
그만큼 부르실 때 왜 못 갔던가!
당신과 나는 그만 이편 저편서.
때때로 울며 바랄 뿐입니다려.

비오는 날

비오는 날, 전에는 베를렌의
내 가슴에 눈물의 비가 온다고
그 노래를 불렀더니만
비오는 날, 오늘,
나는 「비가 오네」하고 말 뿐이다.
비오는 날, 오늘, 포플러 나무잎 푸르고
그 잎 그늘에 참새무리만 자지러진다.
잎에 앉았던 개고리가 한 놈 쩜벙하고 개울로 뛰어
내린다.
비는 싸락비다, 포슬포슬 차츰,
한 알, 두 알, 연달려 비스듬이 뿌린다.
평양에도 장별리(將別里), 오는 비는 모두 꼭 같은
비려니만
비야망정 전일과는 다르도다. 방 아랫목에
자는 어린이 기지개 펴며 일어나 운다. 나는 「저 비
오는 것 보아!」하며
금년 세 살 먹은 아기를 품에 안고 어른다.

석양인가, 갓틈 끝 아래로 모여드는 닭의 무리, 암탉은
　찬비 맞아 우는 오굴쇼굴한 병아리를 모으고 있다. 암탉이 못 견디게 꾸득인다. 모이를 주자.

생의 감격

깨여 누운 아침의
소리없는 잠자리
무슨 일로 눈물이
새암 솟듯 하오리,

못 잊어서 함이랴
그 대답은 「아니다」
아수여움 있느냐
그 대답도 「아니다」.

그리하면 이 눈물
아무 탓도 없느냐
그러하다 잠자코
그마만큼 알리라.

실틈만한 틈마다
새여드는 첫별아

내 어린 적 심정을
네가 지고 왔느냐.

하염없는 이 눈물
까닭 모를 이 눈물
깨여 누운 자리를
사무치는 이 눈물.

다정할손 살음은
어여쁠손 밝음은
항상 함께 있고저
내가 사는 반백 년.

벗과 벗의 옛님

　어떤 아름답던 그 여자는 잊지 못할 생각을 그 사람
에게 주고 갔어라.
　그는 꿈꿈 쨋쨋이 그 여자의 바쁜 날들을
　다시금 울고나 가리라,
　다시금 그는
　사랑을 지어서 첫 아들을 보아라. 오래 후에
　길거리 위에서 그와 날과 만나라.
　나의 눈 속은 즐거움에 빛나라, 눈물로서
　흰 눈은 바람조차 내리는 얼굴 위에?
　다시, 다시 옛날의 우리 다시
　두 사람도 울면서 떠나리라.
　나는 그를 벗을 하였어라. 오랫동안.

이요(俚謠)

감장 치마 흰 저고리
시름에 큰 맏딸아기
우물길에 나지 마라
부어(鮒漁) 새끼 놀라리라
감장 치마 흰 저고리
오막집에 맏며누리
밤물일랑 긷지 마라
종고마리 놀라리라

봄과 봄밤과 봄비

오늘 밤, 봄밤, 비오는 밤, 비가
햇듯햇듯, 보슬보슬, 회친회친, 아주 가이없게 귀엽게
비가 나린다, 비오는 봄밤,
비야말로, 세상을 모르고,
가난하고 불쌍한 나의 가슴에도 와 주는가?
임진강, 대동강, 두만강, 낙동강, 압록강,
오대강(五大江)의 이름 외던 지리시간,
주임선생 얼굴이 내 눈에 환하다.
무쇠다리 위에도, 무쇠다리를 스를 듯, 비가 온다.
등불이 밝은 것은, 자동차다.
이곳은 국경, 조선은 신의주, 압록강 철교
조선인, 일본인, 중국인, 몇 명이나 될꼬 몇 명이나
될꼬.
지나간다, 지나를 간다, 돈 있는 사람, 또는 끼니조
차 번들인 사람,

철교 위에 나는 섰다. 분명치 못하게? 분명하게?

조선, 생명된 고민이여!
우러러보라, 멀리멀리 하늘은 가맣고 아득하다.
자동차의 불붙는 두 눈, 소음과 소음과 냄새와 냄새와,
사람이라 어물거리는 다리 위에는 전등이 밝고나.
다리 아래는 그늘도 깊게 번득거리며
푸른 물결이 흐른다. 굽이치며 얼신얼신.

꿈꾼 그 옛날

흰 눈은 창 아래에 쌓여라, 달 밝은 밤
저녁 어스름 밟고서 그 여자는 왔어라.
그리 그립던데 억하여 맞대이며 울어라.
그는 첫 말이, 나도 첫 말이, 아! 꿈 아닌가!
흰 눈 쌓여라, 고요히 창 아래 달 밝은 밤,
작은 발 흔들리는 그림자, 눈물 어려져,
새이는 새벽은 눈앞에 그 여자는 갔어라.
빈 가지 더듬는 바람소리, 지새이는 달,
다시금 흰 눈 날아라, 꿈이요, 인제요.

나의 아버지 소월

시인 소월의 문학적 평가와 개인적 의의가 어떻든 아버지 김정식(金廷湜)은 아들인 나의 눈에는 원망스럽고 무책임한 존재이다. 아버지는 어머니를 청상과부로 만들었고, 4남 2녀의 우리 형제들을 덩그렇게 남겨 놓았을 뿐 무정하게 기세(棄世)함으로써 우리 가족을 일제시대와 동족상잔의 비극이라는 외롭고 어두운 세계에 그냥 던져 놓았던 것이다. 어머니는 늘 피맺힌 말로 우리에게 '제발 글 쓰는 사람이 되지 말라'고 한을 풀어 놓을 정도였다. 그러나 아버지가 아닌 시인으로서의 소월은 나나 우리 가족이 보다 깊이 이해했어야 하리라고 믿는다.

「소월정전(素月正傳)」을 비롯한 몇 편의 소월전기(素月傳記)를 보면 내가 어렸을 때 들어온 얘기와는 상당 부분이 다르고, 또한 전기 작가들에 의해 극화(劇化)된 부분이 많아서 다소의 오해도 있는 것 같아 안타까웠다.

아버지는 어릴 때부터 재기(才技)가 많았는데 밤새도록 책 읽기를 좋아했고, 이미 알려진 사실이지만 숙모 계희영으로부터 옛날 이야기를 즐겨 들었다. 또한 오산중학을 다닐 때에는 반장을 했으며, 주산을 잘 놓아 상을 타기도 했다. 특히 피리를 잘 불어 천재적이라는 말도 많이 들었는데, 이런 음악적 소질의 덕으로 아버지의 시가 아름다운 리듬으로 짜여진 것 같다. 이후 스승 김억 선생을 만나 시작(詩作)을 하고 중앙문단에도 나서게 되었는데, 아버지가 발표한 대부분의 시는 17, 8세 이전인 오산중학교 시절에 쓴 것이라고 한다.

아버지는 23세 때부터 외가가 있는 구성군(龜城郡) 서산면(西山面)에서 동아일보 지국을 10년간 경영하셨지만 실패하였고, 경제적으로는 곤궁했으며, 또 일제로부터 억압을 많이 당하셨다고 한다. 아버지는 늘 한복을 입고 다니셨고, 일본인 관리에게도 우리 말을 사용했으며, 거만한 태도를 취하신데다 민요시인(民謠詩人)이라는 점에서 미움을 받아왔던 것 같다. 아버지가 술에 깊이 빠졌던 것은 가장 가까운 친구인 나도향(羅稻香)의 요절과 이장희(李章熙)의 자살로 받은 충격 때문이었다고 한다. 이때 아버지는 술로도 풀지 못할 괴로움을 원고에 쏟아냈는데, 아버지가 돌아가신 후 평생 동안 쓰셨던 원고가 장롱 속에 하나 가득했던 것을 기억하지만 그 동안 스름스름 다 없어지고 말았다.

아버지가 돌아가신 옛집은 나의 기억에도 살구, 복숭아, 배나무 등 과목(果木)이 울창했고 뻐꾸기와 여우의 울음이 똑똑히 들렸었다. 아버지의 무덤은 구성군 서산면 평지동 왕릉산에 있다. 우리는 아버지가 돌아가신 후 외가의 도움으로 생활하고 공부도 할 수 있었다. 그러나 일본 관리의 감시는 여전했고, 해방 후에는 지주(地主)의 자식이라 해서 다시 땅을 빼앗기고 반동분자로 몰렸다. 우리 형제는 여러 곳으로 피신을 했고, 나는 김억 선생을 찾아 월남을 기도했으나 실패했다. 6.25 때 인민군에 입대, 반공포로로 석방되어 자유를 얻었지만, 어머니와 두 형님, 유복자인 동생의 소식은 알 길이 없다. 33년이라는 아버지의 짧은 생애가 자살로 끝났다는 것은 사실인데, 할아버지(김성도)가 일본인에게 구타당해 정신이상을 일으킨 데 대한 충격이 큰 원인이었던 것으로 보인다. 또한 아버지는 돌아가시기 전 10여 년 동안 동아일보 지국을 경영하실만큼 항일적이었다.

나는 지난 '81년 10월 20일에 아버지를 대신해서 문화훈장 금관(金冠)을 받았다. 나는 지금까지 아버지의 책이 몇 권이나 나와 있는지 모른다. 민족시인, 터주시인이라는 아버지의 자리매김이 우리 문단에서 얼마나 가치가 있는 것인지는 모르지만, 나는 그의 후손으로서 그다지 떳떳한 삶을 살아오지 못했다. 그저 시집 몇 권과 훈장, 아버지에 대한 기억 몇 편이나와 아버지 소월의 초라한 유물로 남아 있을 뿐이다.

'93년 어느 무더운 여름, 나는 어렵게 소담출판사의 사장님과 몇몇 뜻있는 분의 도움으로 아버지 소월의 시집을 출간할 것을 권유받았다. 아버지의 무형의 유산을 침해하는 것은 아닌가 하는 자식으로서의 두려운 마음이 없진 않으나, 어려운 가정 살림과 아내의 오랜 지병으로 인한 형편을 빌미삼아 이렇

게 시집을 출간하게 되었다. 모쪼록 저 세상에 계신 아버지께
누가 되지 않기를 바라며 각고의 도움을 주시려는 출판사 측에
고마움을 전하고 싶다.

김 정 호
(김소월의 3남)

소월 시의 독자들을 위하여

예술을 생활의 장식품쯤으로 여기는 사람들이 많다. 장식품은 우리들 삶에 꼭 있어야만 하는 것은 아니다. 있으면 좋고 없어도 그만인 것이 장식품이다. 많은 사람들은 시를 읽는다거나 그림이나 음악을 감상하는 것이 시간 여유가 많고 물질적으로 풍요한 사람들이나 할 수 있는 한가한 일이라는 생각을 가지고 있다. 이러한 생각이 바로 예술을 장식품으로 생각하는 태도라고 할 수 있다. 그러나 과연 시나 예술이 우리들 삶에 있으면 좋고 없어도 그만인 그러한 장식품에 지나지 않는 것일까?

세계와 삶을 바라보는 태도에는 대표적인 두 가지가 있을 수 있다. 사물을 실용의 눈으로 바라보고 그것을 삶에 적용하려는 태도가 있는가 하면 세계와 삶을 서정적으로 느끼려는 태도도 있을 수 있다. 전자는 과학적인 삶의 태도이고, 후자는 시적인 삶의 태도라고 할 수 있다.

삶을 실용의 관점으로 바라보고 판단하려고 하는 과학은 우리들의 삶을 좀더 편안하게 해주고 양적으로 풍요롭게 해준 것은 사실이다. 그러므로 대부분의 사람들은 과학을 우리 삶의 유일한 가치 기준으로 생각하고 물질적 풍요가 삶의 목표인 것으로 생각하게 되었다. 그리하여 과학적으로 증명되지 않거나 실용적 또는 과학적인 것과는 배치되는 태도나 관점을 무조건 무시하려고 드는 경향이 있다. 그러나 우리들의 삶의 진실이 과연 과학과 실용에만 있을 수 있는 것인지는 생각해 볼 필요가 있다. 다음에 있는 소월의 시를 한 편 보도록 하자.

> 해가 山마루에 저물어도
> 내게 두고는 당신 때문에 저뭅니다.
>
> 해가 山마루에 올라와도
> 내게 두고는 당신 때문에 밝은 아침이라고 할 것입니다.
>
> 땅이 꺼져도 하늘이 무너져도
> 내게 두고는 끝까지 모두 다 당신 때문에 있습니다.
>
> 다시는 나의 이러한 맘뿐은, 때가 되면,
> 그림자같이 당신한테로 가우리다.
>
> 오오, 나의 애인이었던 당신이여.
> 　　　　　　　　〈해가 山마루에 저물어도〉 전문

세계의 진실이란 무엇일까? 삶의 진실이란 무엇일까? 해가 뜨고 지는 것이 지구의 자전 때문이라는 판단만이 세계와 삶의 진실이라고 할 수 있을까? 시는 그러한 판단만을 삶의 진실이라고 고집하지 않는다. '해가 山마루에 저물고 뜨는' 것이 모두 '당신 때문'이라는 시인의 서정적 고백을 시는 오히려 삶의 진실이라고 믿는다. '해가 山마루에 저물고 뜨는' 것이 '당신 때문'이라는 삶에 대한 서정적 인식은 과학적 인식이 도달할 수 없는 엄연한 삶의 진실이다. 그러나 우리는 그러한 시적인 진실을 너무나 소홀히 생각할 뿐 아니라 '과학'이니 '합리'니 '실용'이니 하는 이름으로 이러한 서정적 삶의 태도를 무시하고 있는 것은 아닌가?

시는 과학이 도달한 한계로부터 출발한다고 할 수 있다. 그리하여 시는 보이지 않는 마음, 그리고 보이지 않는 세계를 우리들이 감각하고, 느낄 수 있도록 만들어 준다. 나아가 시는, 보이는 세계인 물질과 보이지 않는 세계인 정신을 상상력으로 결합한다. 그리하여 우리들의 삶이 어느 한편으로 기울어지지 않도록 심리적 균형을 이루어 주며 보이는 세계의 진실만이 아닌 보이지 않는 세계의 진실까지도 긍정함으로써 인간이 어느 한편에 치우치지 않은 전체적인 삶을 살 수 있도록 해준다. 따라서 시와 예술을 삶의 장식품쯤으로 생각하는 삶의 태도를 가짐으로써 우리는 삶의 어느 한 부분을 놓쳐 버리게 된다는 사실을 깨달아야만 한다. 이제 우리는 시를 삶의 장식품으로 생각하는 자세에서 벗어나 시가 우리에게 가르쳐 주는 삶의 진실을 겸허하게 받아들여야 할 필요가 있다. 그러한 삶의 자세야

말로 우리들의 삶을 진정으로 풍요롭게 하며 온전하게 할 수 있기 때문이다. '해가 山마루에 저물고 뜨는' 것이 모두 '당신 때문'이라는 소월의 서정적인 고백을 삶의 진실로 받아들일 수 있는 사람이야말로 '해가 뜨고 지는 것은 지구의 자전 때문'이라고만 생각하며 사는 사람과는 근본적으로 다른 삶을 살고 있는 것이다.

시는 우리에게 삶을 새롭게 느끼고, 사고하고, 이해하고, 판단하게 해준다. 우리들 삶은 시간이 갈수록 낡아간다. 낡아간다는 것은 삶 자체에 대하여 무감각해지는 것을 말한다. 하늘에 대하여서도 무감각해지고 나무에 대하여서도 무감각해지고 사랑에 대하여서도 무감각해지고 슬픔에 대하여서도 무감각해진다. 우리의 삶은 이렇게 낡아가게 되어 있다. 그러나 시는 삶이 이렇게 낡아가는 것을 그대로 내버려 두지 않는다. 시는 근본적으로 삶에 대한 새로운 감각을 일깨워 준다. 진정한 삶이란 낡아가는 삶이 아니다. 진정한 삶이란 어느 한 부분만을 고집하는 삶이 아니다. 시는 우리들의 삶을 항상 새롭게 해줌으로써 진정한 삶의 진실이 무엇인지 말해 준다. 그러므로 시를 읽는 독자들은 시를 통해 새로운 세계를 체험하게 되고, 인간에 대한 이해와 삶에 대한 총체적이고 올바른 판단을 할 수 있게 될 것이다.

시에 대한 이러한 기본적인 인식을 가지게 되면 소월 시를 읽는 일이 우리들의 삶에 얼마나 소중한 일인지를 알게 된다. 소월의 시야말로 우리 시사에 우뚝 솟아 있는 큰 봉우리이기 때문이다. 소월의 시와 우리 시대 사이에는 적어도 60년 이상의 시간의 간격이 있는 것이 사실이다. 그러므로 소월 시대의 정서와 지금 우리들이 살고 있는 시대의 정서 사이에는 많은 차이가 있을 수 있다. 60～70년 전에 쓰여진 시가 오늘날까지 읽히며 사랑받을 수 있는 것은 쉽지 않다. 소월과 동시대를 살았던 많은 시인들이 있었고, 그들의 많은 시가 있음에도 불구하고 그들의 시는 오늘날 소월 시처럼 사랑을 받고 있지는 못한 것이 사실이다. 그러나 오늘날에도 우리는 왜 소월 시를 읽으며 공감을 하고 감동을 하는가? 60～70년 전에 쓰여진 시를 읽으면서도 우리들이 공감하고 즐거워할 수 있는 근본적인 이유는 바로 소월 시의 강한 서정성 때문이며, 그 서정성이 근본적으로 민족적 정서에 바탕을 두고 있기 때문이다. 시를 읽고 공감(共感)한다는 것은 즉, '함께 느낀다'는 것은 시 자체로서만은 불가능한 일이다. 시가 일방적으로 독자들에게 영향을 끼치는 것이 아니라 공감이라는 말이 보여 주고 있듯이 시가 가진 정서와 독자가 가진 정서가 함께 만나게 될 때 공감이라는 심리적 현상이 가능하기 때문이다. 즉, 독자의 내면에 이미 잠재적으로 자리하고 있는 정서와 얼마만큼 동질성을 가지고 있느냐 하는 것이 시의 감동의 가장 중요한 요건이라고 할 수 있다. 현대의 독자들이 소월의 시를 읽으며 공감하고 나아가 감동을 느끼게 되는 것은 그만큼 그의 시가 우리들의 정서와 강하게 융합될 수 있는 측면이 있기 때문이다.

　민족마다 기질이 다른 이유 중에서도 가장 중요한 것은 민족 단위의 집단 무의식이 다르다는 점이다. 인류 공통의 집단 무의식이 인류들 사이의 심리적인 교류의 근본 통로이듯이 민족

단위의 집단 무의식은 민족 구성원 사이의 심리적인 교류의 근본 통로가 된다. 따라서 우리 민족만이 가질 수 있는 집단 무의식을 통해 우리는 서로의 심리 세계를 이해하고 공감하게 되는 것이다. 그러므로 소월의 시가 민족적 정서에 근본 바탕을 두고 있다는 말은 그만큼 그의 시가 우리의 내면 세계와 결합할 가능성이 높음을 의미하는 것이며, 그의 시가 현대의 독자들을 감동시키는 근본 이유라고 할 수 있다. 특히 소월 시의 주류를 이루고 있는 '사랑의 정서'의 강렬함과 그 민족적 바탕은 소월 시를 읽는 현대의 독자들을 감동시키기에 충분한 것이다.

> 왜 아니 오시나요.
> 영창에는 달빛, 매화꽃이
> 그림자는 산란히 휘젓는데.
> 아이, 눈을 꽉 감고 요대로 잠을 들자
>
> 저 멀리 들리는 것!
> 봄철의 밀물 소리
> 물나라의 영롱한 구중궁궐, 궁궐의 오요한 곳,
> 잠 못 드는 용녀의 춤과 노래, 봄철의 밀물 소리.
>
> 어두운 가슴 속의 구석구석……
> 환연한 거울 속에, 봄구름 잠긴 곳에,
> 소슬비 나리며, 달무리 둘너라.

이대도록 왜 아니 오시나요, 왜 아니 오시나요.

〈애모〉 전문

우리 민족이 지닌 집단 무의식 속에 사랑은 어떠한 모습으로 자리하고 있을까? 나는 우리 민족의 집단 무의식 속에 자리하고 있는 사랑의 모습이란 바로 '상실감과 그 극복'이라고 생각한다. 서양인들에게 널리 애송되는 시 중에는 사랑의 만남과 그 환희를 표현한 작품들도 꽤 되지만, 고대시로부터 시작하여 현대에 이르기까지 우리의 마음을 움직이는 시들은 사랑의 환희를 다룬 시보다는 그 이별과 상실감을 다루고 있는 것이 대부분이다. 한국인들에게 있어서 사랑은 단순한 환희가 아니다. 그러므로 〈진달래꽃〉의 '나 보기가 역겨워/가실 때에는/말없이 고이 보내드리우리다.'라는 시구가 서양 사람들에게는 이해되지 않는 상황이고 공감될 수 없는 구절이라 할지라도 그 구절이 우리들에게 가져다 주는 공감의 폭은 넓다. 소월 시가 다루고 있는 사랑은 주로 사랑의 만남에서 오는 '환희'가 아니라, 위의 시에서처럼 이별에서 오는 '상실감'이다. '왜 아니 오시나요.'라는 돌연한 구절로부터 출발하고 있는 이 시는 '임'을 상실한 봄밤의 심경을 잘 그려내고 있다. 잊으려고 애를 쓰지만 깨진 사랑의 약속에 잠을 이루지 못하는 이러한 사랑의 상실감은 소월 시의 주조를 이루고 있다. 우리들의 집단 무의식 속에서는 사랑이 정열적인 만남과 그 환희의 모습을 가지고 있기보다는 운명적인 비극이며, 그 비극의 극복을 위한 내면적인 고통의 모습을 띠고 있기 때문에 소월의 이러한 비극

적인 사랑의 시구들은 우리들에게 큰 공감의 폭으로 다가오고
있다. 소월의 시가 오늘날까지도 독자들에게 그토록 사랑을
받을 수 있는 가장 중요한 까닭은 바로 여기에 있는 것이다.
소월 시야말로 우리의 민족적 정서에 가장 부합하는 정서를 가
지고 있기 때문이다.

> 한때는 많은 날을 당신 생각에
> 밤까지 새운 일도 없지 않지만
> 아직도 때마다는 당신 생각에
> 축업을 베갯가의 꿈은 있지만
>
> 낯모를 딴 세상의 네 길거리에
> 애닯이 날 저무는 갓스물이요
> 캄캄한 어두운 밤 들에 헤매도
> 당신은 잊어버린 설움이외다
>
> 당신을 생각하면 지금이라도
> 비오는 모래밭에 오는 눈물의
> 축업을 배갯가의 꿈은 있지만
> 당신은 잊어버린 설움이외다
>
> 〈님에게〉 전문

　기법적으로 단순하며 감정을 직접적으로 노출하는 측면이
강한 소월의 시에 대하여 현대시의 감각적이고 현란한 기법에

익숙한 독자들은 그 미숙성을 지적하고 비판할지도 모른다. 그러나 현란한 수사와 감각적인 시어만이 시의 전부는 아니다. 시는 언어를 통해 우리의 일상의 언어가 도달하지 못하는 또 다른 진실의 세계를 드러내 줄 수 있어야 한다. 위의 시에서 만나게 되는 '당신은 잊어버린 설움'이라는 사랑에 대한 소월의 표현은 단순하고 직설적이지마는 우리의 가슴속 깊은 곳에 와닿을 수 있는 그야말로 소월적인 표현이라고 할 수 있다. '당신은 잊어버린 설움'이라는 표현이 그 직설성으로 말미암아 현대시에서는 기피될 수 있을지 모르지만, '잊어버린 설움'이라는 표현만큼 상실된 사랑의 속성을 잘 드러내는 표현이 또 있을까? '잊어버린 설움'이라는 표현을 우리의 일상 산문으로는 아무리 긴 글을 쓴다 할지라도 다 풀어서 설명할 수는 없는 일이다. 소월 시가 우리들에게 그토록 가깝게 다가오고 감동을 주는 또 다른 이유는 바로 이러한 시적 표현의 뛰어남이라고 할 수 있다. 소월에게는 소월다운 표현들이 있으며 그 표현들은 그의 언어에 대한 타고난 천재성을 잘 보여 주고 있다. 소월의 많은 시구들은 우리들의 일상 언어에서조차도 영원한 생명성을 가진 명언으로 사용되고 있다. 우리들이 때때로 인용하여 사용하고 있는 소월의 그러한 시구들은 그것을 사용하고 있는, 그리하여 그것에 익숙해 있는 우리들에게는 그 중요성과 뛰어남이 그다지 실감되지 않을지 모른다. 그러나 '봄 가을 없이 밤마다 돋는 달도/「예전엔 미처 몰랐어요.」//이렇게 사무치게 그리울 줄도/「예전엔 미처 몰랐어요.」', '갈봄여름 없이 꽃이 피네', '못 잊어도 더러는 잊히오리다.', '울자, 내

사랑, 꽃지고 저무는 봄.', '바득바득 이를 갈고/죽어 볼까요
/窓가에 아롱아롱/달이 비춘다', '죽어도 아니 눈물 흘리우리
다'와 같은 표현들은 아무나 만들어내고 쓸 수 있는 구절들이
아닌 것이다. 소월의 언어에 대한 타고난 천재성이야말로 오
늘날 그의 시를 읽는 독자들을 감동시키는 또 하나의 중요한
이유가 되고 있는 것이다. 산문이 도저히 도달할 수 없는 감동
을 그의 시적 표현이 연출해 내고 있기 때문이다.

  소월 시는 그 정서에서 그리고 표현에서 오늘날까지도 많은
독자들의 사랑을 받을 충분한 이유를 가지고 있다. 소월과 동
시대를 살았던 많은 시인들의 시와는 달리 소월 시가 우리들에
게 그토록 감동적으로 다가오는 까닭은 소월만이 가능한 표현
들을 통해 우리의 심리 속에 있는 민족의 보편적인 정서를 건
드리고 있기 때문이다.

  오늘날, 이미 몇 십년 전의 시인인 소월의 시를 읽는 일은
실용의 눈으로 볼 때는 그야말로 부질없는 일이며 여유있는 사
람들의 한가한 짓으로 생각될지 모른다. 그러나 시가 필요하
지 않은 시대처럼 보이는 이 시대에도 소월 시를 소중하게 생
각할 줄 알고 나아가 시를, 예술을 삶의 가장 중요한 한 부분
으로 인식하는 태도야말로 시가 필요하지 않은 것처럼 보이는
이 시대를 극복하는 유일한 방법인지도 모른다.

박 상 천
(시인 · 한양대 교수)

김소월 연보

1902(1세)	평북 구성군 서산면 왕인동 외가에서 출생.
1904(2세)	정주와 곽산 사이의 철도를 부설하던 일본인에게 폭행당했던 아버지가 그 후유증으로 정신이상 증세를 일으켜 할아버지 상주(相疇)의 훈도 아래 성장하면서 한문을 배우다.
1907(5세)	할아버지가 사랑에 독서당(獨書堂)을 개설하고 훈장을 초빙하여 한문 수학을 시키다.
1909(7세)	사립 남산학교에 입학. 이때 최인수, 오명한, 김상섭, 김의도 등을 사귀다.
1915(13세)	남산학교를 졸업. 그해 4월 다시 오산학교 중학부에 입학. 이때 스승 김억(金憶)의 영향 아래 시를 쓰기 시작.
1916(14세)	구성군 평지동의 홍명희(洪明熙)의 딸 단실(丹實)과 결혼.
1919(17세)	오산학교가 3·1운동으로 일본인들에 의해 문을 닫게 되자, 졸업 예정자로서 졸업장을 받다. 장녀 구생(龜生) 출생.
1920(18세)	시 「낭인(浪人)의 봄」, 「야(夜)의 우적(雨滴)」, 「오과(午過)의 읍(泣)」, 「그리워」, 「춘강(春崗)」을 『창조』 5호에 처음으로 발표하기 시작. 차녀 구원(龜源) 출생.

1921(19세)   장남 준호(俊鎬) 출생.

1922(20세)   배재고보(培材高普) 5년에 편입. 시「금잔디」,
「엄마야 누나야」,「진달래꽃」,「먼 후일」등
을『개벽』에 발표. 차남 은호(殷鎬) 출생.

1923(21세)   배재고보를 졸업한 후 고향에 돌아와서 한동안
아동교육에 종사. 동경상대(東京商大)에 입학
했으나, 9월 관동대지진으로 귀국. 서울에서
나도향과 사귀게 되다. 시「임의 노래」,「예전
엔 미처 몰랐어요」,「못 잊어 생각이 나겠지
요」,「해가 산마루에 저물어도」,「가는 길」,
「옛이야기」,「산」등을『개벽』에 발표.

1924(22세)   할아버지가 경영하는 광산 일을 돕기 위해 낙
향. 영변을 다녀온 후 김동인, 김찬영, 임장화
등과『영대』동인으로 활동. 시「산유화」,
「생(生)과 사(死)」,「명주 딸기」,「옛 임을
따라가다가 꿈 깨어 탄식함이라」등을『영대』
에 발표.

1925(23세)   시집『진달래꽃』을 매문사(賣文社)에서 간행
(시 127편 수록).

1926(24세)   구성군 남시에서 동아일보 지국을 개설하여 경
영. 시「잠」,「흘러가는 물이라 맘이 물이면」

등과 이백(李白)의 「밤가마귀」 등 역시(譯詩)를 『조선문단』에 발표.

1929(27세)　시 「저급생활」을 『문예공론』에 발표했으나 일제의 검열로 일부분을 삭제당함. 이 무렵 인생에 회의를 느끼고 술을 많이 마심. 산문시 「길차부」, 「단장(斷章) 1」을 『문예공론』에 발표

1932(30세)　삼남 정호(正鎬) 출생.

1934(32세)　시 「제이·엠·에쓰」, 「건강한 잠」, 「기원」, 「상쾌한 아침」, 「고향」, 「기회」, 「의와 정의심」 등을 『삼천리』에 발표. 고향 곽산에 돌아가 성묘하다. 이해 12월 24일 오전 8시 음독자살한 시체로 발견되다.

베스트셀러 한국문학선 28

진달래꽃

펴낸날 | 1996년 11월 16일 초판 1쇄
　　　　2012년 1월 10일 초판 19쇄

지은이 | 김소월
펴낸이 | 이태권
펴낸곳 | (주)태일소담
　　　　서울시 성북구 성북동 178-2 (우)136-020
　　　　전화 | 745-8566~7　팩스 | 747-3238
　　　　e-mail | sodam@dreamsodam.co.kr
　　　　등록번호 | 제2-42호(1979년 11월 14일)
　　　　홈페이지 | www.dreamsodam.co.kr

ISBN 978-89-7381-201-1 03810